CATALOGUE

DE

LIVRES ANCIENS

ET MODERNES

COMPOSANT LA

LA BIBLIOTHÈQUE DE M. P***.

LIVRES ANCIENS
LIVRES ILLUSTRÉS DU XVIIIe SIÈCLE
LIVRES MODERNES
BEAUX-ARTS. — HISTOIRE
LIVRES ILLUSTRÉS DU XIXe SIÈCLE

PARIS
LIBRAIRIE HENRI LECLERC
219, RUE SAINT-HONORÉ, 219
et 16, rue d'Alger.

1902

VENDOME

IMPRIMERIE F. EMPAYTAZ

CATALOGUE

DE

LIVRES ANCIENS

ET

MODERNES

LA VENTE AURA LIEU

Les lundi 12, mardi 13 et mercredi 14 Mai 1902

A 2 HEURES PRÉCISES

HOTEL DES COMMISSAIRES-PRISEURS, 9, RUE DROUOT

Salle N° 7,

Par le ministère de Me MAURICE DELESTRE, commissaire-priseur,

5, rue Saint-Georges, 5

Assisté de M. HENRI LECLERC, libraire,

219, rue Saint-Honoré, 219

et 16, rue d'Alger

Voir l'ordre des vacations à la fin du Catalogue

CONDITIONS DE LA VENTE

La vente se fait au comptant.

Les acquéreurs paieront 10 p. 100, en sus du prix d'adjudication.

Les livres vendus devront être collationnés sur place dans les vingt-quatre heures de l'adjudication. Passé ce délai, ils ne seront repris pour aucune cause.

M. LECLERC se réserve la faculté, dans l'intérêt de la vente, de réunir ou de diviser les numéros du catalogue. Il remplira les commissions qu'on voudra bien lui confier.

CATALOGUE

DE

LIVRES ANCIENS

ET MODERNES

COMPOSANT LA

LA BIBLIOTHÈQUE DE M. P***.

LIVRES ANCIENS
LIVRES ILLUSTRÉS DU XVIIIe SIÈCLE
LIVRES MODERNES
BEAUX-ARTS. — HISTOIRE
LIVRES ILLUSTRÉS DU XIXe SIÈCLE

PARIS
LIBRAIRIE HENRI LECLERC
219, RUE SAINT-HONORÉ, 219
et 16, rue d'Alger.

1902

I

LIVRES ANCIENS

1. ADAGIA sive proverbia græcorum ex Zenobio seu Zenodoto, Diogeniano & Suidae Collectaneis. Partim edita nunc primum, partim latine reddita, scholiisque parallelis illustrata, ab Andrea Schotto Antuerpiano, soc. Jesu Presbytero (græce et latine). *Antuerpiae, ex officina Plantiniana, apud Viduam et Filios Joannis Moreti*, 1612, in-4 à 2 col., mar. rouge, comp. dor. et à froid sur le dos et les plats, tr. dor.

   Le premier plat de la reliure porte *l'ex-dono* suivant : SON EMINENCE MONSEIGNEUR DONNET, CARDINAL.

2. APULÉE (Luc.) de l'ane dore, XI livres. Traduit en François par I. Louveau d'Orléans et mis par chapitres et sommaires, plus y a sus les 4, 5, 6 liures traitans de l'amour de Cupido et de Psyches, XXXII huictains mis en leur lieu, traduits sus d'autres qui ont esté taillez en cuiure en langue italique. *A Paris, par Nic. Bonfons*, 1586, in-16, vélin à rec.

   Traduction complète ornée de vignettes gravées sur bois.
   L'*histoire de Psyché* contient les vers de Jean Maugin, dit *le petit Angevin*.

3. ARCHITECTURE. 3 vol. rel. et br. et 11 fascicules.

   Reigle des cinq ordres d'architecture de M. Jacques de Barozzio de Vignole. *Amsterdam, Justus Danckers, s. d.*, in-fol., pl. vélin vert. — Même

ouvrage. *Paris, Jacq. Chereau*, 1747, in-4, fig., v. marb. — Dictionnaire raisonné d'architecture et des sciences et arts qui s'y rattachent par Ern. Bosc, *Paris, Firmin-Didot*, 1876-1880, 4 vol. in-8, fig., br.
Incomplet des fascicules 4, 7, 8 et 10e.

4. AUTEURS FRANÇAIS imprimés par les Elzevir. 5 vol.

Lettres choisies du sieur de Balzac. *A Amsterdam, chez les Elzeviers*, 1656, in-12, titre gravé, bas. — Histoire du roy Henri le Grand, composée par M. Hardouin de Péréfixe. *A Amsterdam, chez L. et D. Elzevier*, 1661, in-12, titre gravé, vélin. — Lettres familières de M. de Balzac à M. Chapelain. *Amsterdam, chez L. et D. Elzevier*, 1661, in-12, mar. rouge, fil. (*Anc. rel.*). — Lettres de feu Monsieur de Balzac à Monsieur Conrart. *A Amsterdam, chez les Elzeviers*, 1664, in-12, titre gravé, veau. — Les Provinciales ou les lettres écrites par Louis de Montalte (Blaise Pascal) à un provincial de ses amis. *A Cologne chez Nic. Schoute*, 1696, in-12, dérelié.

5. AUTEURS FRANÇAIS imprimés en Hollande; réunion de 9 vol. qui se joignent à la Collection elzévirienne.

La Pucelle, ou la France délivrée, poème héroïque par Chapelain. *Suivant la copie imprimée à Paris*, 1656, in-12, front., v. — Lettres de M. de Voiture. *A Nimègue*, 1660, in-12, front., bas. — Histoire des amours de Henri IV (par Marguerite de Lorraine, d'abord Mlle de Guise, ensuite princesse de Conti). *A Leyde, chez Jean Sambix*, 1663, in-12, bas. — Les Tableaux de la pénitence par Messire Antoine Godeau. *Jouxte la copie à Paris, chez Thomas Jolly*, 1665, in-12, front., vél. — Mémoires de M. D. L. R. (La Rochefoucauld). *Cologne, ches Pierre van Dyck*, 1669, in-12 vél. — Traité de la communion sous les deux espèces, par Mre Jacq. Benigne Bossuet. *Suivant la copie imprimée à Paris chez Séb. Mabre Cramoisy*, 1682, in-12, veau. — L'Alcoran de Mahomet, traduit par le sieur Du Ryer. *A La Haye*, 1685, in-12, veau. — Le Berger fidèle, traduit de l'italien de Guarini en vers français (par l'abbé de Torche). *A Cologne, chez Pierre Marteau*, 1686, in-12, v. (*Aux armes de Turgot*). — Recueil de plusieurs enigmes, airs, devises et médailles, enrichis de figures. *A Amsterdan*, 1684, in-12, veau.

6. BACHET (G.). Problèmes plaisans et delectables qui se font par les nombres, par Claude-Gaspard Bachet, sieur de Méziriac, seconde édition reveue, corrigée et augmentée. *à Lyon, chez Pierre Rigaud et Associez*, 1624, pet, in-8, veau brun, dos orné. (*Anc. rel.*)

Exemplaire aux armes de Anne Hilarion de Costentin, comte de Tourville, l'illustre marin français.

7. BALZAC. Les œuvres diverses du sieur de Balzac augmentées en cette édition de plusieurs pièces nouvelles. *A Leide, chez Jean Elsevier*, 1658, pet. in-12, mar. rouge, dos orné, fil., dent. int., tr. dor. (*Capé*).

Hauteur : 133 mill. Exemplaire L. Double.

8. BOISROBERT (Abbé de). Les Nouvelles héroïques et amoureuses (et autres pièces tant de poésie que de prose). *A Paris, chez Pierre Lamy*, 1857, pet. in-8, mar. rouge, fil. à fr., tr. dor. (*Vve Niedrée*).

Edition originale. Exemplaire court de marges et taché.

9. BOSSUET. Discours sur l'Histoire universelle, à Mgr le Dauphin : pour expliquer la suite de la Religion et les changements des Empires, par Mre Jacques Bénigne Bossuet, Evesque de Condom. *A Paris, chez Sébastien, Mabre-Cramoisy*, 1681, in-4, mar. brun, dos orné, comp. de fil. à la Duseuil, dent. int. tr. dor. (*Smeers*).

Bel exemplaire de l'Edition originale.

10. BOSSUET. Instruction sur les estats d'oraison, ou sont exposées les erreurs des faux mystiques de nos jours ; avec les actes de leur condamnation par Messire Jacques Benigne Bossuet, Evesque de Meaux. *A Paris, chez Jean Anisson*, 1692, in-8, veau brun. (*Anc. rel.*)

Edition originale.

11. BRUNI (Ant.). Epistole heroiche, poésie del Bruni libri due. *In Roma appresso Guglielmo Facciotti*, 1627, in-12, fig., mar. rouge, dent. comp. et milieu dorés sur les plats, tr. dor. et ciselées. (*Anc. rel.*)

Reliure du XVIIe siècle bien conservée. Figures gravées à l'eau-forte par *Coloriani*.

12. CAPICII (Scipionis). De principiis rerum libri duo, eiusdem de vâte maximo libri tres. *Venetiis, apud Aldi filios*, 1546, pet. in-8 de 62 ff. car. ital. vélin, tr. dor. (*Anc. rel*).

13. CARACCIOLUS DE LITIO (Robertus). Quadragesimale Roberti || de peccatis. (à la fin) : *Explicit quadragesimale de peccaꝑ ceptû in civitate litii : ibiqꝫ côpletum ad laudem ꝛ gliam omnipotentis dei ꝛ vginis gloriose marie ac beatissimi patris francisci ꝛ novi sancti Bonaventure. Amen. Finitû est anno dñi, mcccclxxxiij die ix mensis octobris hora vespertino. Et impressum per venerabi!em virum Ludovicum de Venetia anno domini mcccclxxxviij*, in-8 goth. à 2 col.. 280 ff. non chif. sign. par 8, veau fauve, dos orné. (*Anc. rel.*).

Le cahier S est interposé après le cahier A.

14. CATALOGUS LIBRORUM qui in bibliopolio Danielis Elsevirii venales extant, et quorum auctio habebitur in ædibus defuncti. *Amstelodami*, 1681, in-12, mar. bleu, jans., dent. int., tr. dor. (*Pouget*).

Catalogue des livres de fonds de Daniel Elsevier, imprimé pour la vente qui a été faite après la mort de ce célèbre typographe.
Catalogue rare et difficile à trouver aujourd'hui, ayant éprouvé le sort de presque toutes les notices de ventes de livres.
A la suite : *Catalogus der Teutschen Büchern*, 80 pages et *Catalogus Van de Nederduytsche Boeken*. Amst. 1657, 12 pages.
Recueil ayant fait partie de la collection Rigaud dont on remarque le monogramme sur les plats de la reliure.

15. CHARRON (Pierre). De la Sagesse, trois livres. *A Leide, chez Jean Elsevier, s. d.*, in-12, titre gravé, mar. fauve, dent. à fr., fil. or. (*Simier*).

Jolie édition, la plus recherchée des quatre données par les Elzeviers. Hauteur 126 mill.

16. CLASSIQUES GRECS ET LATINS. 12 vol. la plupart rel.

La Pléiade grecque, traduction par Dubois-Guchan, 1873, in-16, br. — Lettres grecques du rhéteur Alciphron, traduites par de Rouville, 1874, in-16, br. — L'Iliade (d'Homère), traduction nouvelle (par Ch. Le Brun). *Paris*, 1776, 3 vol. in-8, bas. — Ciceronis de officiis, libri tres, ex-recensione J. G. Graevii. *Ludg-Batav*. 1710, 2 vol. in-8, demi-rel. mar. rouge, non rog. — Quintus Horatius Flaccus cum scholiis perpetuis Johannis Bond. *Parisiis*, 1806, in-8, v. rac. — Herculis Ciofani sulmonensis in omnia P. Ovidii Nasonis opera observationes, *Antuerpiae*, 1583, in-8, vél. — Phaedri fabulæ et Publii Syri sententiæ. *Aureliae*, 1773, in-24, v. marb. — Même ouvrage. *Parisiis, Ex typographia regia*, 1729, in-24. demi-rel. mar. vert. — Statii opera quae extant. *Parisiis*, 1600. in-4, vélin.

17. CLASSIQUES LATINS imprimés par les Elzévir. 13 vol.

Epigrammatum Joannis Ovven cambro Brittâni, oxoniensis. *Lugd. Bat. Ex officina Elzeviriana*, 1628, in-24, titre gravé, bas. — Titi Livii. Historiarum libri ex recensione Heinsiana. *Lugduni Batavorum, ex officina Elzeviriana*, 1634, 3 vol. petit in-12, veau. — C. Corn. Tacitus, ex recensione Justi Lipsii nec non L. Isaci Pontani. *Amsterodami, apud Joan Jansonium*, 1637, pet. in-12, titre gr. vél. — Sulpitii Severi opera omnia quae extant. *Lugd. Batavorum, Ex officina Elzeviriana*, 1643, pet. in-12, titre gravé, veau. — Hugonis Grotii Epistolæ ad gallos. *Lugd. Batav., Ex officina Elzeviorum*, 1648, pet. in-12, v. f. *aux armes de* CAUMARTIN *et ex Libris à l'intérieur*. — Cl. Claudiani quae exstant. Nic. Heinsius, Dan. F. Recensuit ac notas addidit, *Lugd. Batavorum*, 1850, in-12, titre gravé, vél. — C. Plinii Cæcilii Secundi epistolæ et panegiricus, Editio nova, Marcus Zuerius Boxhornius recensuit. *Lugd. Batav., apud Joan. et Dan. Elsevier*, 1653, in-12 non relié. — Facetiae Facetiarum hoc est Joco-Seriorum fasciculus, 1657, in-12, titre gravé, vélin. — Ariana des herren des Marets. *Amsterdam*, 1659, in-12, fig., vélin. — Pub. Terentii comoediae sex ex recensione Heinsiana. *Amstelodami, ex officina Elzeviriana*, 1661, in-12, titre gravé, vélin. — L. Annaeus Florus. Cl. Salmasius addidit Lucium Ampelium. *Amstelodami, apud D. Elzévirium*, 1664, in-12, titre gravé, veau.

18. COLLECTION DES POÈTES FRANCOIS publiée par Coustelier. *Paris, Antoine Urbain Coustelier*, 1723-24, 10 vol. in-12, veau écail. dos orné, fil., tr. marb. (*Anc. rel.*)

Bel exemplaire de cette collection ainsi composée : Poésies de Coquillart — Poésies de Guill. Crétin — La Légende de Pierre Faifeu. — Les Œuvres de Jean Marot. - Les Poésies de Martial, 2 vol. — La Farce de Pierre Pathelin. — Œuvres de Racan, 2 vol. — Les Œuvres de François Villon.
Reliures uniformes et très fraiches.

19. CONSTITUTION FRANÇAISE, et acceptation du roi. *A Dijon, de l'Imprimerie de P. Causse*, 1791, in-18, mar. rouge, fil. tr. dor. (*Anc. rel.*)

20. CORNEILLE (P.) Le Théâtre de P. Corneille, reveu et corrigé par l'autheur. *Imprimé à Rouen, et se vend à Paris, chez Guil-*

laume de Luynes, 1664, 2 vol. in-fol., portrait et front. au tome 1er, veau brun. (*Anc. rel.*)

Reliure fatiguée, moisissure aux premiers feuillets du tome 1er.

21. CORNEILLE (Pierre et Thomas). Le Théâtre de P. Corneille. Reveu et corrigé et augmenté de diverses pièces nouvelles. *Suivant la copie imprimée à Paris*, 1664, 4 vol. — (Tomes I à IV) — Les Tragédies et comédies de Th. Corneille reveues et corrigées, et augmentées de diverses pièces nouvelles. *Suivant la copie imprimée à Paris (au Quærendo)*, 1665, 3 vol. (tomes I, II et III). Ensemble 7 vol. pet. in-12, front., vélin à rec.

Jolie édition elzévirienne publiée à Amsterdam par Abr. Wolfgang. Exemplaire incomplet du tome V du théâtre de Pierre Corneille et des tomes IV et V des tragédies de Th. Corneille.

22. COUSTUMES du pais de Normandie, anciens ressors et enclaves d'iceluy. *A Paris, pour Martin le Mégissier, Imprimeur du roy à Rouen*, 1586, in-4, mar. marbré, dos orné de branchages et milieu de branchages sur les plats, fil., tr. dor. (*Anc. rel.*)

23. DULAURENS. Le Balai, poëme héroï-comique en XVIII chants. *A Constantinople (Amsterdam), de l'Impr. du Mouphti*, 1761. in-12, mar. vert, dos orné, large dent. et dent. int., tr. dor. (*Anc. rel.*)

Bel exemplaire relié par *Bradel-Derome*.

24. ESCHOLE DE SALERNE (L') en vers burlesques (par Martin), et duo poemata macaronica de bello huguenotico et de gestis magnanimi et prudentissimi Baldi (auctore Remigio Belleau). *Suivant la copie imprimée à Paris (Leyde, Elsevier)*, 1651, pet. in-12, veau fauve, fil., tr. dor. (*Anc. rel.*)

Bel exemplaire relié par *Derome*. Edition rare et recherché. Hauteur : 121 mill.

25. ESTIENNE (Henri). Traicté de la conformité du langage francois avec le grec, divisé en trois livres... avec une préface remonstrant quelque partie du désordre et abus qui se commet aujourd'hui en l'usage de la langue francoise. *Paris, par Robert Estienne*, 1569, pet. in-8, vélin. (*Anc. rel.*)

Première édition avec date de ce traité fort curieux.

26. ETRENNES GAILLARDES, dédiées à ma commère. Recueil nouveau de contes en vers, de chansons, d'épigrammes, etc., *à Lampsaque (Cazin)*, 1782, pet. in-12 de 144 pages, veau brun, comp. (*Anc. rel.*)

Petits contes attribués à Félix Nogaret. Curieuse petite reliure.

27. FACÉTIES. 3 vol. rel.

Essai historique sur les lanternes (par Dreux du Radier, Ant. le Camus, Jean le Bœuf et Jamet), *Dôle*, 1755, in-12, demi-rel. mar. noir. — Les Ecosseuses ou les œufs de Pasques (par Vadé, le comte de Caylus et la comtesse de Verrue). *Troyes*, 1782, in-12 demi-rel. mar. citr, — Dictionnaire burlesque (par Ch. Lemesle), *Paris, Goulet*, 1836, in-18, demi-rel. chag. bleu.

28. FACÉTIES (14) imprimées à Troyes au commencement du XVIIIe siècle, publiées par Epiphane Sidredoulx (E. de Beaurepaire) et M. Prosper Blanchemain. *Paris, Typ. de Ch. Meyrueis, s. d.*, 2 vol. in-8 et in-12, brochés.

Collections réunies à 30 et 50 exemplaires.

29. FACÉTIES SCATOLOGIQUES. 4 vol. br. et cart.

La Cacomonade. Histoire politique et morale traduite de l'allemand du Dr Pangloss (Simon Nic. H. Linguet). *Cologne (Paris)*, 1766, pet. in-8, cart. non rog. Edition originale. — La Chèzonomie ou l'art de ch... poème par Ch. R** (Rémard). *Paris*, 1806, pet. in-8, cart. non rog. — Le nouveau M... ou manuel scatologique. *Paris, (Baillieu)*, 1870, pet. in-8, fig. br. — Discours sur la musique zéphyrienne, opuscule facétieux d'Emm. Marti. *Paris, L. Willem*, 1873, pet. in-8, papier jonquille. br.

30. FAERNUS (G.). Centum fabulæ ex antiquis auctoribus delectæ, et à Gabriele Faerno cremonensi carminibus explicatæ. *Antuerpiae ex officina Christoph. Plantini*, 1573, pet. in-12, fig., veau fauve, fil., tr. rouges. (*Anc, rel.*)

Les figures, qui sont gravées sur bois, sont copiées sur celles de l'édition de 1563, qu'on a attribuées au Titien.

31. FARIN (Fr.). Histoire de la ville de Rouen, divisée en trois parties, *A Rouen, chez Jacques Hérault*, 1668, 3 vol. pet. in-12, veau mar.

Edition originale, recherchée et qui a été souvent réimprimée.
Cet exemplaire est un peu court de marges.

32. FIGURES DE LA BIBLE. Représentations tirées du Vieux Testament et du Nouveau, inventées et dessinées par Catherine Sperling, célèbre peintre en miniature. *Se vendent dans le magasin de Jean Simon Negges, marchand d'estampes à Augsbourg, s. d.*, 3 vol. pet. in-4, obl., pl. gr., vélin à rec.

283 planches pour l'ancien Testament et 90 planches pour le nouveau Testament.
Ouvrage rarement complet.

33. GREW (Nehemiah). The Anatomy and plants, with an idea of a philosophical history. *London, printed by Rawlins*, 1682, in-fol. avec 83 planches, bas. (*Anc. rel.*)

Exemplaire avec un envoi autographe de l'auteur, écrite en latin et adressée à l'Académie des sciences naturelles.

34. GUERRE COMIQUE, dédiée à Madame de Lyonne (par P. de La

Croix). *A Paris, chez Claude Barbin*, 1668, in-12 de 140 pages, veau fauve, dos orné, fil., dent. int., tr. dor. (*Capé*).

Petite cassure sur le titre.

35. GUICHE (Comte de). Mémoires concernant les Provinces-unies des Pays-Bas. *Utrecht*, 1744, 2 vol. in-12, veau mar., fil., tr. dor.

Aux armes du duc d'Aumont.

36. HEINSIUS. Laus Asini, tertia parte autior, cum aliis festivis opusculis (Laus pediculi etc.) *Lugd. Batavorum, ex officina Elzeviriana*, 1629, pet. in-12, mar. marbré, fil., tr. dor. (*Anc. rel.*)

Exemplaire aux armes d'Antoine Barillon de Morangis, Maître des requêtes ordinaire du roi, provenant des collections Renouard et de Lagondie.

37. HISTOIRE DE FRANCE. Mémoires. 18 vol. br. et rel.

Satyre Menippée de la vertu du catholicon d'Espagne et de la tenue des estats de Paris. 1594, pet. in-8, demi-rel. bas. — Satire Ménippée... *Ratisbonne*, 1726, 3 vol. pet. in-8, fig., v. mar. — Les mémoires de Messire Roger de Rabutin, comte de Bussy. *Amsterdam*, 1721, 3 vol. in-12, v. f. — Mémoires de la vie de Théod. Agrippa d'Aubigné, ayeul de Mad. de Maintenon, écrits par lui-même. *Amsterdam*, 1721, 2 tomes en 1 vol. in-12, v. gran. — Catéchisme élémentaire de morale pour servir de suite au catéchisme constitutionnel par le citoyen Richer. *L'an II*, in-12, fig. — Histoire des princes de Condé, pendant les XVIe et XVIIe siècles, par le duc d'Aumale. *Paris, Mich. Lévy*, 1863, 2 vol. in-8, demi-rel. chag. vert, tr. dor. — Les Gazettes de Hollande et la presse clandestine aux XVIIe et XVIIIe siècles, par Eugène Hatin. 1865, in-8 br. — Histoire de la Révolution française par MM. Thiers et Félix Bodin. 1823, 2 vol. in-8, br. — L'Attentat Fieschi, par Maxime Du Camp. 1877, in-12, br. papier de Hollande. — A. Trognon. Histoire de France, *Paris, Hachette*, 1878, 3 vol. in-12 br., (tomes 1, 4 et 5).

38. HOLTZUUART (Mathias). Eikones cum descriptonibus duodecim primorum, quos scire licet, veteris Germaniæ heroum, latinitati et carmine redditæ à Mathia Hollzwarto. *Argentorati, per Bernhardum Iobinum*, 1573, pet. in-8 de 32 pages non relié.

14 figures et marque de l'imprimeur, gravées sur bois.

39. IMITATION DE JÉSUS-CHRIST (L'). Traduite et paraphrasée en vers francois par P. Corneille. *Imprimée à Rouen, par L. Maury pour Robert Ballard*, 1656, 2 vol. in-12, fig., mar. olive, dos orné, fil., tr. dor. (*Smeers*.)

Première édition, en ce format, des quatre livres réunis.

40. LETTRES D'AMOUR d'une religieuse portugaise escrites au chevalier de C*** officier français en Portugal (Mariane Alcaforada, traduites en français, par Lavergne de Guilleragues) *A La Haye, chez Corneille de Grae*, 1690, pet. in-12, mar. olive, fil. à fr., dent. int., tr. dor.

41. LINGUÆ vitia et remedia, emblematice expressa per illustrum et rever. D. Antoninum à Burgundia. *Antverpiæ, Apud Joh. Cnobbarum*, 1631, pet. in-12 obl., bas rouge.

10 ff. prélim et 191 pages de texte, en vers latins, accompagnés d'autant de gravures finement gravées sur cuivre.

42. LIVII (Titi). Historiarum quod extat, ex recensione J. F. Gronovii. *Amstelodami, Apud Danielem Elzevirium, ao 1678*, in-12, titre gravé, mar. rouge jans., dent. int., tr. dor. (*Trautz-Bauzonnet.*

Édition renfermant en un seul volume toute l'histoire de Tite-Live ; elle est imprimée avec des caractères d'une extrême finesse. (Willems, *Les Elzevier*, n° 1548.)
Bel exemplaire très grand de marges. Hauteur : 148 mill.

43. MANUALE EXORCISMORUM, continens instructiones, et exorcismos ad ejiciendos e corporibus obsessis spiritus malignos, et ad quaevis maleficia depellenda, et ad quascumque infestationes daemonum reprimendas : R. D. Maximiliani ab Eynatten S. T. L. Canonici et Scholastici Antverpiensis industria collectum. *Antuerpiae, apud Henricum et Cornelium Verdussen*, 1709, pet. in-8, cart.

Exemplaire non rogné et non coupé.

44. MERCATOR et HONDIUS (Gérard). Atlas ou représentation du monde universel, et des parties d'iceluy, faicte en tables et descriptions très amples et exactes, divisé en deux tomes. Edition nouvelle, augmentée d'un appendice, de plusieurs nouvelles tables et descriptions de diverses régions d'Allemaigne, France, Pays-Bas, Italie, et de l'une et de l'autre Inde, le tout mis en son ordre. *A Amsterdam, chez Henry Hondius*, 1633, 2 vol. in-fol., cartes gravées, veau brun. (*Anc. rel.*)

Un grand nombre de feuillets sont remargés.

45. MONTAIGNE. Les Essais de Michel de Montaigne. Nouvelle édition. *Paris*, 1669, 3 vol. in-12, titres gravés, mar. rouge, dent., tr. dor. (*Anc. rel.*)

Exemplaire relié par Bradel-Derome.

46. MONTAIGNE. Essais, avec les notes de M. Coste. *Genève, chez Jean Samuel Cailler*, 1779, 4 vol. pet. in-12, veau marb. (*Anc. rel.*)

47. MONTRÉSOR. Mémoires de Monsieur de Montrésor. Diverses pièces durant le ministère du cardinal de Richelieu. Relation de Monsieur de Fontrailles. Affaires de Messieurs le comte de Soissons, duc de Guise et de Bouillon, etc. *A Leyde, chez Jean*

Sambix le jeune, à la Sphère, (*Bruxelles, Foppens*), 1685, 2 vol. pet. in-12, vélin. (*Anc. rel.*)

48. MURETI (M. Antonii). J. C. ac civis Romani Epistolae. *Parisiis, apud Robertum Coulombel*, 1580, in-8 de 2 ff prélim. et de 99 ff. chiff. vélin blanc, a rec. fil. et fleuron doré au milieu des plats, tr. dor. (*Anc. rel.*)

Très jolie reliure du XVIe siècle, d'une grande fraicheur.

49. NORMANDIE. 6 vol.

Topographiæ Galliæ bey G. Merian. Normandie, 1637, pet. in-fol, vues et plans, non rel. — Histoire des Anglo-Saxons, par sir Fr. Palgrave, traduite de l'anglais par Alex. Licquet, 1836, in-8, br. — Histoire de la Normandie par G. B. Depping. *Rouen*, 1835, 2 vol. in-8 br. — Histoire de l'abbaye de Jumièges, par C. A. Deshayes. *Rouen*, 1829, in-8 br. — Notice sur la vie et les travaux de E. H. Langlois du Pont-de-l'Arche, par Ch. Richard. *Rouen*, 1838, in-8, demi-rel. veau fauve.

50. NOSTRADAMUS. Les vrayes centuries et prophéties de maistre Michel Nostradamus... reveües et corrigées suyvant les premières éditions, avec la vie de l'autheur. *A Amsterdam, chez Jean Jansson*, 1668, pet. in-12, mar. rouge, large dent. et dent. int., tr. dor. (*Bradel-Derome.*)

Hauteur 130 milli. La reliure est défraichie.

51. ORATIO PRO CREPITU VENTRIS habita ad patres crepitantes ab Em. Martino Ecclesiae Alonensis Decano. *Cosmopoli, Ex typographia Crepitantium*, 1768, in-64 de 70 pages, mar. grenat, dos orné, dent. à fr. fil. or., non rogn.

Jolie reliure de *Thouvenin*.

52. OVIDE. Métamorphoses d'Ovide en rondeaux (par Isaac Benserade), imprimez et enrichis de figures. *A Paris, de l'Imprimerie royale*, 1676, in-4, demi-rel. dos et coins de mar. grenat, dos orné, fil., tr. rouges (*Raparlier*).

Edition ornée de vignettes de *Seb. Leclerc, Chauveau* et *J. Le Pautre* et dédiée au Dauphin.

53. PARIVAL. Dialogues francois selon le langage du temps par J. Parival, sixième édition augmentée de l'Ecole pour rire (par J. Sr de Dampierre). *A Leyde, chez Arnould Doude*, 1678, pet. in-12, frontispice, mar. vert., fil. sur le dos et les plats, dent. int., tr. dor. (*Bauzonnet.*)

L'Ecole pour rire contient 48 pages et a un titre particulier.

54. PARNY (Chevalier de). Poésies érotiques. *A l'Isle de Bourbon*, 1778, pet. in-8 de 64 pages, broché, non rogné.

Premier ouvrage de l'auteur.

55. POÉSIES DU XVIIe SIÈCLE. Réunion de 10 vol. rel.

Œuvres de Nic. Boileau. *La Haye*, 1722, 4 vol. in-12, fig. de *B. Picart* et fig. de *Choquet* ajoutées, veau. — Œuvres en vers de M. Boileau, in-4, portrait et fig. de *Chereau*, veau (*manque le titre*). — Œuvres meslées de M. Chevreau. *La Haye*, 1697, in-12, portrait, veau fauve (*Simier*). — Clovis ou la France chrestienne, poëme par Desmarets. *Paris*, 1657, in-4, front., bas. — Les Œuvres du sieur de S-Amand, 1661, in-12, bas. — Les Œuvres de M. Sarasin, 1663, in-12, portrait, veau. — Suitte de la première partie des œuvres burlesques de M. Scarron. *Paris*, 1648, 2 vol. in-4, non rel.

56. POÉSIES DU XVIIIe SIÈCLE. Réunion de 18 vol. reliés.

Almanach des grâces, étrennes érotiques chantantes dédiées à Madame d'Artois pour l'année 1791, in-12, bas. — Les Baisers de Zizi, poëme (par J. de Castera). 1786, pet. in-12 v. violet. — Œuvres choisies de Mme et de Mlle Deshoulières. Edition Cazin, 1780, in-18, portrait, mar. vert. (*Anc. rel.*) — Œuvres complètes de Gilbert, 1805, 2 vol, in-16, v. rac. — Caquet Bonbec, poëme (par de Jonquières), s. *l.*, 1763, in-12, v. marb. — Les Petites heures de Cythère, recueil de chansons, romances, vaudevilles, etc. *Paris, an VII*, pet. in-12, cart. — Le Petit neveu de Bocace, ou contes nouveaux en vers, par Pl. D. (Plancher de Valcour). 1787, 3 vol. in-8, cart. — Saül et David, tragédies ; Epitre à Mlle Clairon ; Les trois empereurs en Sorbonne, par l'abbé Caille ; Les Cabales, par M. de Voltaire ; Epitre à Horace (par le même) ; La Tactique et autres pièces fugitives (par le même), 6 pièces en 1 vol. in-8, v. — Recueil des meilleurs contes en vers, 1774, in-8, demi-rel. mar. vert. — Œuvres diverses de M. Rousseau, 1728, 3 vol. in-12, v. — La Pucelle d'Orléans, par Voltaire, 1755, in-12, v. — La Ligue ou Henry le Grand, poëme (par le même), 1723, in-8, v. — Epitres, satires, contes, odes et pièces fugitives (par le même), 1771, in-8, v.

57. POÈTES LATINS MODERNES. Réunion de 5 vol. reliés.

G. Buchanani. Elegiarum, Sylvarum etc., 1579, dans le même volume : A. Mureti Hymnorum sacrorum liber, 1566, in-16 vélin. — Caroli Ruaei Carminum libri quator. *Lutetiae Parisiorum*, 1688, in-12, demi-rel. mar. r. — Anti-Lucretius, sive de Deo et natura, libri novem opus posthumum C. d'Orléans de Rothelin. 1749, 2 vol. pet. in-12, v. gran. — Jacobi Vanieri praedium rusticum. *Parisiis, Barbou*, 1774, in-12, v. marb.

58. PONTE (Ludovico de). Der zielen Lust-Hof, Inhoudende. I. Hetleven ende lijden onses Heeren Jesu Christi, met meditatien daer op, uyt Ludovico de Ponte. Priester der societeyt Jesu. II. De Wercken des Apostelen. III. De Openbaringe van St Jan. Alles in drie hondert schoone figuyren ghesneden door C. V. Sichem. *Toet Loven, by Isbrandt Jacobsz*, 1629, in-8, fig., vélin a rec. (*Anc. rel.*)

Nombreuses figures de *Van Sichem*, gravées sur bois, et très jolis culs-de-lampe également gravés sur bois.

59. PRÉDICTIONS GÉNÉRALES commencans l'an m dcxlvi et finissans a l'an 1664, selon la doctrine plus secrette des anciens astrologues et cabalistes Hébrieux, par M. Eustache Noël, curé de Saincte Marthe. *A Paris, chez Jean Prome, s. d.*, pet. in-8 de 48 pages, cart.

60. PSALMORUM DAVIDIS paraphrasis poetica nunc primum edita, authore Georgio Buchanano Psalmi aliquot in versus

item graecos diversis translati. *Argentorati, Excudebat Josias Rihelius*, 1566, pet. in-12, veau brun avec comp. et entrelacs, fers azurés, tr. dor. (*Rel. du XVIe siècle.*)

Le calendrier est orné de 12 vignettes gravées sur bois ; reliure du XVI. siècle avec compartiments peints.

61. PSALMORUM DAVIDIS paraphrasis poetica, nũc primũm edita, authore Georgio Buchanano, scoto, poetarum nostri sæculi facile principe. Eiusdem Buchanani tragœdia quæ inscribitur Jephtes. Caetera eius opera seorsum edita sunt. *Annõ 1566, apud Henricum Stephanum, et eius fratrem Robertum Stephanum, typographum regium*, pet. in-12, réglé, veau brun, dos et plats semés de fleurs de lys avec angles et fleuron de milieu dorés, fil., tr. dor. (*Rel. du XVIe siècle.*)

62. RECUEIL de 22 paysages gravés à l'eau-forte d'après S. Boudon Francisque, Focquer, P. Bril, Perelle, de Vadder. *A Paris, chez Drevet*, 1658, in-fol. obl., parch.

63. RÉGNIER. Les Satyres et autres œuvres du sieur Regnier. Augmentés de diverses pièces cy-devant non imprimées. *A Leiden, chez Jean et Daniel Elzevier*, 1652, pet. in-12, veau fauve, dos orné, tr. rouges. (*Anc. rel.*)

Édition recherchée et plus complète que celle de 1642.
Exemplaire aux armes de BOYER DE CRÉMILLES, Lieutenant général des armées du roi.
Hauteur : 122 mill.

64. REGNIER. Satyres et autres œuvres de Régnier accompagnées de remarques historiques de Cl. Brossette, nouvelle édition considérablement augmentée (par Lenglet Du Fresnoy). *Londres, Tonson*, 1733, gr. in-4, front. gr., veau écail., dos orné, fil., tr. dor. (*Anc. Rel.*)

Belle édition, imprimée sur PAPIER DE HOLLANDE ; texte entouré de cadres rouges.

65. RÉVOLUTION FRANÇAISE. Recueil de pièces concernant la Révolution Française. 53 pièces réunies en 8 vol. in-8, demi-rel. veau brun.

Réponse de Guadet, député de la Gironde, à Robespierre, député de Paris, séance du 12 avril 1793. — A Maximilien Robespierre (sur les massacres de septembre), 1792. — Lettre de Jérôme Petion aux parisiens. — Histoire de la conjuration de Robespierre. — Rapports des représentants du peuple Camus, Bancal, Quinette, Lamarque, envoyés par la Convention à l'armée du Nord (Trahison de Dumouriez). — Les Véritables auteurs de la journée du 10 Août. — J. B. Brissot, député à la Convention Nationale à tous les républicains de France sur la Société des Jacobins de Paris. — Histoire des Brissotins, par Camille Desmoulins. — Réponse de Brissot à tous les libellistes qui ont attaqué et attaquent sa vie passée. — J.-P. Brissot, député, à ses commettans. — Lettre de Camille Desmoulins, député à la Convention, au général Dillon. — Rapport fait au nom du Comité de Salut public, sur les 32 membres de la Convention, détenus en vertu du décret du 2 juin, par Saint-Just. — La Vérité sur les vrais acteurs de la journée du 2 septembre 1792. — Les Crimes de sept membres des anciens comités de Salut public et de Sûreté générale, par L. Lecointre. — Défense de B. Barrère. Appel à la Convention Nationale et aux républicains français. — Eclaircissemens nécessaires sur ce qui s'est passé à Lyon (alors Commune Affranchie) l'année dernière, donnée par M. J.-M. Collot.

Réponse de Billaud à Laurent Lecointre. — Réponse d'Antoine Quentin Fouquier, ex-accusateur public, aux différents chefs d'accusation portés en l'acte à lui notifié le 26 Frimaire ; à la défense générale de Billaud-Varenne, Collot d'Herbois, Barrère et Vadier. — Eclaircissements donnés à un des membres de l'Assemblée nationale, par M. Agier. — Mémoire à consulter et consultation pour M. Louis-Philippe-Joseph d'Orléans. — Rapport de la procédure du Chatelet sur l'affaire des 5 et 6 octobre fait à l'Assemblée Nationale par Ch. Chabroud. — Opinion de Condorcet sur le jugement de Louis XVI. — Mémoires historiques sur le Dix-huit Brumaire. — Rapport sur les évènemens relatifs à l'évasion du roi et de la famille royale, par Muguet de Nanthou. — Rapport fait au nom du Comité de Salut public le premier août 1793, an II fait par B. Barrère (demande que la reine soit mise en jugement). — Causes secrètes de la Révolution du 9 au 10 Thermidor par Vilate. — Précis historique de la Révolution du 13 Vendémiaire. — Essais sur les privilèges. — Des opinions politiques du citoyen Sieyès, membre du Directoire exécutif de la République Française. — Examen de l'instruction de l'Assemblée Nationale sur l'organisation prétendue civile du clergé par M. l'Evêque de Langres. — De la nécessité d'une contre-Révolution en France par M. de Montlosier. — Note historique sur les procès de Marie-Antoinette d'Autriche et de Madame Elisabeth de France au Tribunal révolutionnaire par M. Chauveau Lagarde. — Exposé de la conduite politique de M. le Lieutenant général Carnot. — Camille Jordan, député du Rhône, à ses commettans, sur la Révolution du 18 Fructidor. — Rapport sur la proposition de M. de Blangy, député, tendant à améliorer le sort des ecclésiastiques.

Cette collection intéressante de pièces historiques parait avoir fait partie de la Bibliothèque du comte de Sèze, défenseur de Louis XVI, à la Convention Nationale.

Un certain nombre de pièces sont annotées et souvent des passages sont réfutés.

66. RICCIUS (B.). Vita D. N. Jesu Christi Ex uerbis Euangeliorum in ipsismet concinnata Per R. P. Bartholomæum Riccium societatis Jesu e Castrosidardo. *Romæ, apud Barthol. Zanettum*, 1607, in-8, mar. bleu foncé, dos orné, fil., dent. int., tr. dor. (*Smeers.*)

Ouvrage orné d'un frontispice, de 160 planches et d'une carte gravés en taille-douce.

67. ROMANS, contes et nouvelles. Réunion de 32 vol. rel.

Contes et nouvelles en vers, par La Fontaine, 1732, 2 vol. in-8, fig. de *Romain de Hooge*. — Même ouvrage, même édition, 2 vol. pet. in-8, demi-rel. — Contes et nouvelles et joyeux devis de Bonaventure Des Periers, 1711, 2 vol. pet. in-12, fig., v. fauve. — L'Histoire africaine de Cléomède et de Sophonisbe, par M. de Gerzan, 1628, 3 vol. pet. in-8, mar. rouge *aux armes de la Comtesse de Verrue*, (*anc. rel. fatiguée*). — Roger Bon-Temps en belle humeur, par de Roquelaure, 1781, 2 tomes en 1 vol in-12, v. — Le Romant comique de M. Scarron, 1669, 3 vol. in-12, bas. — Lettres d'une péruvienne (par Mme de Graffigny), 1747, in-12, v. marb. — La Vie de Guzman d'Alfarache, 1696, 3 vol. pet. in-8, fig., bas. — Mémoires secrets pour servir à l'histoire de Perse, 1746, pet. in-8, v. marb. — Le Diable boiteux, par Le Sage, 1756, 3 vol. pet. in-12, fig. v. — Histoire amoureuse des Gaules, par le Cte de Bussy-Rabutin, 1858, 2 vol. in-12, br. — Grigri (par de Cahuzac), 1739, 2 part. en 1 vol. in-12, v. — Le Colporteur, par M. de Chevrier. *Londres*, *s. d.*, pet. in-8, demi-rel. v. f. — Apologues et contes orientaux (par F. Blanchet), 1784, in-8, portrait, bas. — Histoire de Don Quichotte, 1757, 6 vol. in-12, fig., veau marb.

68. SADELER ET COLLAERT. Solitudo sive vitæ patrum eremicolarum, per D. Hieronimũ olim conscripta : iam vero primum æneis laminis idqz Joannis et Raphael Sadeler fratrũ. Titre et 29 planches. — Trophæ um vitæ solitariæ. Titre et 25 planches. — Sylvæ sacræ monumenta sãctionis philosophiæ quam severa anachoretarum disciplina vitæ et religio docuit. Titre et 29 planches. — Solitudo, sive vitæ fœminarum anachoreticarum, ab Adriano Collaerto collectae atque expressæ. Titre et 24 planches. — Oraculorum anachoreticum J. et R. Sadeleri, 1600. Titre et planches. In-4 obl., veau marb. fil. à comp. (*Anc. rel.*)

Ces cinq ouvrages forment la collection des PP. du Désert, gravés par les frères *Sadeler* et *Adrien Collaert*, mais sans texte, la légende latine est accompagnée d'une traduction française manuscrite.

69. SCARRON. Le Virgile travesty en vers burlesques de Monsieur Scarron. Reveu et corrigé. *Suivant la copie imprimée à Paris* (*au quærendo*), 1668, 2 vol. in-12, frontispice répété au second volume, mar. rouge, dos ornés, fil., dent. int., tr. dor. (*Capé*).

Edition complète contenant les 8 livres et qui se joint à la collection des Elzevier.
Hauteur : 131 mill.

70. SCHOONBECK. Historie van alle ridderlyke en krigs orders (Histoire des Ordres religieux de l'un et de l'autre sexe, avec les figures gravées par Adr. Schoonebeck). *T'Amsterdam by Adrien Schoonebeck*, 1697, 2 vol. pet. in-8, fig., vélin. (*Anc. rel.*)

Edition contenant les premières épreuves des gravures.

71. SENECA. L. Annæi Senecæ philosophi opera omnia ex ult. J. Lipsii et J. F. Gronovii emendat. et M. Annæi Senecæ rhetoris quæ exstant. Ex And. Schotti recens. — L. Annæi Senecæ philosophie Epistolæ ex recensione J. Lipsii et Jo. Fr. Gronovii. *Lugduni Batavor. Ex officina Elsevriana*, 1649, 5 vol. pet. in-12, mar. La Vall. à longs grains, fil., tr. dor.

72. SENECA. L. Annæi Senecæ et P. Syri Mimi, forsan etiam aliorum singulares sententiæ, centum aliquot versibus ex codd. Pall. et Frising, auctæ et correctæ studio et opera Jani Gruteri cum notis ut et nova versio græca Josephi Scaligeri. *Lugduni Batavorum, apud Joh. du Vivier*, 1708, in-8, front., gr. mar. bleu, dos orné, fil., dent. int., tr. dor. (*Bradel-Derome*).

73. SOTISIER, ou recueil de B., S. et F. (Bêtises, Sottises et Fadaises). *Paris* (*Hollande*), 1717, pet. in-8, veau fauve, fil., tr. dor. (*Petit-Simier.*)

74. TARGUA (P.) Cento e cinquanta favole, tratta da diversi autori antichi, e ridotte in verse e rime, da Pietro Targua. *In Venetia, appresso Giovanni Chrigero*, 1569, pet. in-12 figures à mi-page, cart. non rog.

Exemplaire à toutes marges d'une édition ornée de figures gravées sur bois.

75. THÉATRE et pièces dramatiques. 7 vol. reliés.

Les Œuvres de Molière. *Amsterdam, chez Wetstein et Smith*, 1741, 4 vol. pet. in-12, 1 portrait d'après *Mignard*, et 32 figures dessinées et gravées par *Punt*, d'après *Boucher*, veau rac. — Eloge de M. Pierre Corneille, extrait de la République des Lettres du mois de janvier 1685. Suivi de : premier discours, de l'utilité et des parties du poëme dramatique ; second discours : de la Tragédie ; troisiéme discours : des trois unitez d'action de jour et de lieu. 22 et 86 pages, portrait de Corneille, non rel. — Deburau. Histoire du théâtre à quatre sous (par Jules Janin). *Paris, Gosselin*, 1832, 2 vol. in-12, front. demi-rel., bas.

76. THÉOLOGIE. Histoire des Religions. 8 vol. rel. et 1 br.

Histoire des variations des Eglises protestantes, par Mre Jacq. Ben. Bossuet. *Suivant la copie à Paris chez la veuve Seb. Mabre-Cramoisy*, 1688, 2 vol. in-12, veau gran. — Hadriani Beverlandi de Fornicatione cavenda admonitio. Sive adhortatio ad pudicitiam et castitatem. Editio nova, 1698, in-12, v. marb., fil. — Traitez du libre-arbitre ou de la concupiscence, par Jac. Ben. Bossuet. *Paris*, 1731, in-12, v. marb. — Le Prêtre chatré, ou le papisme au dernier soupir, traduit de l'anglois. *La Haye*, 1747, in-8, v. marb. — Histoire de la papesse Jeanne, fidèlement tirée de la dissertation latine de M. de Spanheim. *La Haye*, 1758, 2 vol. in-12, fig., v. marb. — Histoire de D. Ranucio d'Alétès (par Ch. Gabr. Porée, Jésuite). *Venise*, 1758, 2 tomes en 1 vol. in-12, v. marb. — L'Eglise et les sociétés chrétiennes en 1861, par M. Guizot. *Paris, Mich. Lévy fr.*, 1861, in-8 br.

77. THIERY. Guide des amateurs et étrangers voyageurs à Paris, ou description raisonnée de cette ville, de sa banlieue et de tout ce qu'elles contiennent de remarquable. *A Paris, chez Hardouin et Gattey*, 1787, 2 vol. in-12, fig., veau mar. (*Anc. rel.*)

Un des meilleurs guides de Paris.

78. VALERII MAXIMI dictorum factorumque memorabilium, libri IX. *Juxta exemplar Elzeviriorum*, 1690, pet. in-12, titre gravé, mar. rouge, jans., dent. int. (*Allo*).

Exemplaire NON ROGNÉ.

79. VIRGILE. Traductions diverses. 7 vol.

Les Géorgiques de Virgile, traduites en vers françois, ouvrage posthume de M. Martin. *A Rouen*, 1708, in-8, mar. fauve. — Les Géorgiques, traduites en vers par M. l'abbé Delille, *s. l.*, 1784, in-8, veau rac. — Les Bucoliques traduites (par de Langeac). *Paris, Giguet et Michaud*, 1806, in-8, fig. — L'Enéide traduite en vers par Jacq. Delille. *Paris, Michaud*, 1803, 4 vol. in-8 veau rac.

80. VOITURE. Les Œuvres de Monsieur de Voiture. Quatriesme

édition reveue, corrigée et augmentée, *Paris, Augustin Courbé*, 1654, in-4, mar. rouge fil., tr. dor. (*Anc. rel.*)

Exemplaire en GRAND PAPIER.
Chiffre aux angles des plats de la reliure.

81. VOYAGES. 5 vol. br. et rel.

Voyage dans les parties sud de l'Amérique septentrionale, par William Bartram, traduit par P. V. Benoist. *Paris*, an VII, 2 vol. in-8, carte, v. rac. — Voyage et second voyage au pays des éléphants, par L. Jacolliot. *Paris, Dentu*, 1876, 2 vol. In-12, fig., br. — Siam au XXe siècle, par Ed. O'Farell, 1873, in-16, br.

82. VUES D'OPTIQUES coloriées publiées à Augsbourg en 1714. 27 planches in-fol. obl.

15 vues différentes du château et des jardins de Versailles. — Château de Meudon, 1 planche. — Parterre d'eau et canal de Chantilly, 1 planche. — Château de Vincennes, 1 planche. — Place Louis XV, à Reims, 1 planche. — Nancy, place d'Alliance, 1 planche. — Bourse de Lyon, 1 planche. — 5 vues différentes de la ville et du port de Marseille.

II
LIVRES ILLUSTRÉS
DU
XVIIIe SIÈCLE

83. BASTILLE (la). Recueil de pièces intéressantes sur la Bastille. 1790, in-4, planches, demi-rel. mar. grenat avec coins, f''. non rog.

Contenant : Relation sur la prise de la Bastille. — Extrait du procès-verbal de l'Assemblée Nationale du jeudi 2 septembre 1790. — Explications des inscriptions attachées à la Bastille. — L'aurore de la liberté ou le despotisme expirant. — Délibérations et différentes pièces relatives aux cadavres trouvés dans la Bastille. — Déclaration des droits de l'homme et du citoyen. — Procès-verbal de ce qui s'est passé à la séance du 13 novembre 1790, de l'Assemblée administrative du département de la Côte-d'Or à l'occasion de l'ouverture des caisses renfermant le modèle de la Bastille. — Procès-verbal du Directoire du département des Basses-Pyrénées, concernant la réception et l'inauguration du modèle de la Bastille.

En tête, un portrait gravé en couleur de Herné de Dôle, grenadier aux Gardes françaises, le premier qui monta à l'assaut de la Bastille et qui arrêta le gouverneur, et un billet autographe du patriote Palloy, entrepreneur de la démolition de la Bastille. Ce recueil contient aussi les figures suivantes : le portrait de Delaunay, par *Bonneville* ; 6 planches gravées à la manière de lavis, par *Janinet*, dont la prise de la Bastille ; 2 grandes planches représentant le monument du cimetière Saint-Paul et l'obélisque projeté sur les ruines de la Bastille ; un grand plan de la Bastille, en couleur, exécuté par Palloy.

84. BERNARD. L'Art d'aimer et poésies diverses de M. Bernard. *S. l. n, d.*, (*Paris*, 1775), in-8, fig., veau marb. (*Anc. rel.*)

Frontispice et trois figures de *Martini*.
Dans le même volume : Phrosine et Mélidore, poëme (par le même). *Paris, Le Jay, s. d.*, in-8, avec 4 figures d'*Eisen*.

85. BERQUIN. Romances. *S. l. n. d.*, (*Paris, Ruault*, 1776), in-12, fig., broché.

Titre et 4 figures de *Marillier*.
Exemplaire imprimé sur PAPIER DE HOLLANDE, épreuves AVANT les numéros.

86. SAINTE BIBLE (La), contenant l'Ancien et le Nouveau Testament traduite en francois sur la Vulgate, par Le Maistre de Saci. Nouvelle édition, ornée de 300 figures, gravées d'après les dessins de M. Marillier. *Paris, Defer de Maisonneuve*, 1789-1803, 12 vol. in-8 demi-rel. veau vert, tr. marb. (*Miron*).

Bel exemplaire.

87. BOCCACE. Contes et nouvelles de Boccace Florentin traduction libre, accommodée au gout de ce temps, et enrichi de figures en taille-douce gravées par Mr Romain de Hooge. *Amsterdam, chez Georges Gallet*, 1697, 2 vol. pet. in-8, front. et fig., mar. rouge, dos ornés, fil., milieu doré, dent. int., tr. dor. (*Petit, sr de Simier.*)

Exemplaire de PREMIER TIRAGE.

88. BOCCACE. Le Décameron de Jean Bocace (Traduction de Ant. le Maçon). *Londres* (*Paris*), 1761, 5 vol. in-8, fig., veau écail., fil., tr. dor. (*Anc. rel.*)

Bel ouvrage illustré d'un portrait, 3 titres, 110 figures et 97 culs-de-lampe de *Gravelot, Boucher, Cochin* et *Eisen*.
Le titre gravé du tome 1er manque et a été remplacé par le titre gravé des *Estampes galantes*.
Les plats de la reliure portent les lettres H. R.

89. BOCCACE. Contes de Bocace; traduction nouvelle par A. Sabatier de Castres. *A Paris, chez Poncelin*, an X, 1801, 11 tomes en 6 vol. pet. in-8, fig. demi-rel. chag. La Vall., têtes dor., ébarbés.

Edition contenant la réduction des figures de *Gravelot, Boucher, Cochin* et *Eisen* de l'édition de 1757.

90. BOCCACE. Contes de Bocace, traduction nouvelle par A. Sabatier de Castres. *A Paris, chez Poncelin*, an X, 1881, 11 vol. in-8, papier vélin, fig., cart., non rognés.

Bel exemplaire non rogné de cette édition, qui contient la réduction des figures de *Gravelot, Boucher, Cochin* et *Eisen*. Epreuves AVANT la lettre.

91. BOILEAU. Œuvres, nouvelle édition, avec des éclaircissements historiques donnés par lui-même et rédigés par Bros-

sette, avec des remarques et des dissertations critiques par M. de Saint-Marc. *Amsterdam, chez Changuion*, 1772, 5 vol. in-8, fig. de Bernard Picart, veau marbré, tr. marb. (*Anc. rel.*)

Exemplaire imprimé sur GRAND PAPIER.

92. CANTIQUES ET POTS POURRIS. (Pour le jour de Saint-Pierre. *A Londres*, 1782, in-18, 8 pages et une figure. — La Tentation de Saint-Antoine, ornée de figures et de musique. *A Londres*, 1782 in-18, 12 pages 16 planches de musique, 1 frontispice et 8 figures. — Le Pot — Pourri de Loth (par Sedaine), orné de figures et de musique). *A Londres*, 1782, in-18, 12 pages, 24 planches de musique, 1 frontispice et 8 figures. Ensemble 3 pièces reliées en 1 vol. veau fauve, fil, tr. dor. (*Anc. rel.*)

93. CAZOTTE (Jacques). Œuvres badines et morales, historiques et philosophiques ; première édition complète, ornée de figures. *Paris, Bastien*, 1817, 4 vol. in-8, demi-rel. veau vert, non rognés.

2 portraits de Cazotte et 10 figures.

94. CENT NOUVELLES NOUVELLES (Les). Suivent les cent nouvelles. Contenant les cent histoires nouveaux, qui sont moult plaisans à raconter, en toutes bonnes compagnies ; par manière de joyeuseté. Nouvelles édition, ornée de cent figures en taille douce et d'un frontispice. *A Cologne, chez P. Gaillard*, 1786, 4 vol. pet. in-8, fig. de Romain de Hooge, demi-rel. dos et coins de mar. La Vall., tr. rouges.

95. CERVANTES. De Voornaamste gevallen van den wonderlyken Don Quichotte, door den beroemden Picart den Romein, en andere voornaame meesters, in XXXI kunstplaaten, na de uitmuntende schilderyen van coypel, in't koper gebragt : Beschreeven op een vryen en vrolyker trant, door J. Campo Weyerman, en door den zelsden met Gedichten ter Verklaaring van iedere kunst print, en het leeven van M. de Cervantes Saavedra. *In'Hage, by Pieter de Hondt*, 1746, in-4, pl. demi-rel. veau mar. (*Anc. rel.*)

31 planches de *Coypel, Tresmolier, Le Bas, Cochin* et *Boucher*.

96. CERVANTES. El Ingenioso hidalgo Do Quixote de la Mancha compuesto por Miguel de Cervantes Saavedra. Nueva edicion corregida por la Real Academia española. *En Madrid, por Don Joaquin Ibarra*, 1780, 4 vol. gr. in-4, front. portrait, planches, vignettes et culs-de-lampe, veau jasp., dent., tr. mar.

Edition enrichie de la vie de Cervantès et de l'anayse de son roman par Vicente de Los Rios. C'est la plus belle édition illustrée de *Don Quichotte* publiée en Espagne.

97. CHANSONS CHOISIES avec les airs notés et nouveau recueil de chansons choisies. *A Genève (Cazin)*, 1782-1785, 8 vol. in-18, front., brochés, non rognés.

98. CHANSONNIER DES GRACES (Le) avec la musique gravée des airs nouveaux. *A Paris, chez Louis, an V* (1797) à 1839, 43 vol. in-12, figure à chaque volume, cart.

99. CHAULIEU. Œuvres de l'abbé de Chaulieu. Nouvelle édition augmentée d'un grand nombre de pièces par M. de Saint-Marc. *A Amsterdam, chez David Prault et Durand*, 1750, 2 vol. pet. in-12, frontispice, veau mar., fil., tr. mar.

Excellente reliure de Derome.

100. CORNEILLE (Pierre). Suite de 1 frontispice par Pierre, gravé par Watelet et 34 figures de Gravelot, gravées par Baquoy, Flipart, Lemire, Lempereur, de Longueil, Prévost et Radigues, pour *le theatre, édition de Genève*, 1764, 12 vol. in-8, demi-rel. dos et coins de mar. rouge, tête dor.

En tête de cette suite, remontée à plat, on a placé les portraits suivants : Corneille, gravé en pied d'après *Deveria*, épreuve AVANT la lettre ; Thomas Corneille, gravé par *A. de St Aubin*, lettre grise ; Corneille, gravé par *Ficquet* ; le même, gravé par *Dequevauviller* d'après *Devéria*, et Thomas Corneille, gravé par Dequevauviller d'après *Devéria*.

101. CRÉBILLON. Œuvres complettes de Crébillon. Nouvelle édition, augmentée et ornée de belles gravures. *A Paris, chez les Libraires associés*, 1785, 3 vol. in-8, veau granit, fil. (*Anc. rel.*)

Portrait et 9 figures par *Marillier* gravées par *Ingouf, Dambrun, Duponchel, Macret et Trière*.
Bel exemplaire.

102. DE FOE (Daniel). La vie et les aventures de Robinson Crusoé, traduction revue et corrigée, augmentée de la vie de l'auteur (par Griffet Labaume, avec une préface par l'abbé de Montlinot). *Paris, Panckoucke*, an VIII, 3 vol. in-8, fig., veau rac. dent., tr. mar. (*Anc. rel.*)

Édition ornée de 18 gravures par *Delignon* d'après les dessins de *Stothart*, d'une carte géographique et 4 figures de *Marillier* ajoutées.

103. **DORAT**. Les Baisers, précédés du moi de Mai, poëme (par Dorat). *A la Haye et se trouve à Paris, chez Lambert, imprimeur, et Delalain*, 1770, in-8, fig., mar. vert clair, dos orné, triple fil. à comp. avec fleurons, dent. int., tr. dor. (*Lortic*).

Exemplaire imprimé sur PAPIER DE HOLLANDE et de PREMIER TIRAGE avec les titres imprimés en rouge et contenant un frontispice, 1 figure, 1 fleuron sur le titre, 22 vignettes et 22 culs de lampe par *Eisen*, gravés par *Aliamet, Baquoy, Masquelier, Delaunay, Née, Ponce, de Longueil, Binet, Lingée et Massard*.
Exemplaire très grand de marges. Hauteur : 233 millim.
Le frontispice a la marge du bas réparée.

104. DORAT. Les Baisers, précédés du mois de Mai. *A la Haye, et se trouve à Paris chez Delalain*, 1770, pet. in-8, frontispice, figure, vignettes et culs-de-lampe d'Eisen, demi-rel. mar. grenat, tète dor., non rogné.

105. DORAT. Œuvres diverses. 6 vol. reliés.

La Déclamation théâtrale, poème, 1771, in-8, fig. d'*Eisen*, v. éc., tr. dor. — Fables ou allégories philosophiques, 1772, in-8, papier de Hollande, front., figure, vignette et cul-de-lampe de *Marillier*, v. jaspé, tr. dor. — Recueil de contes et de poèmes, 1776, in-8, fig. d'*Eisen*, demi-rel. chag. brun. — Lettres d'une chanoinesse de Lisbonne, etc., 1780, in-8, fig. de *Marillier*, demi-rel. chag. br. — Mélanges de poésies fugitives. 1780 ; les victimes de l'amour, 1780-1790, 2 ouvr. en 1 vol. in-8, fig. de *Marillier*, demi-rel., chag. brun. — Lettres en vers et œuvres mêlées, 1792, 2 ouvr. en 1 vol. in-8, fig. d'Eisen, demi-rel. chag. brun.

106. DORAT. Œuvres complètes (comprenant les Baisers, les Fables, la Déclamation théâtrale, les mélanges etc.) *A Paris, chez Deialain*, 1792, 20 tomes en 10 vol. in-8, fig. d'Eisen et Marillier, veau rac. dent. (*Anc. rel.*)

107. DU ROSOI. Les Sens, poëme en six chants. *Londres (Paris)*, 1766, in-8, fig., veau mar. (*Anc. rel.*)

Ouvrage orné de 7 figures, dont 4 d'*Eisen* et 3 de *Wille*, 6 vignettes et 2 culs-de-lampe.

108. ESOPE. Fables choisies d'Esope, mises en chansons avec figures. *A Samos et se trouve à Paris, chez Méquignon jeune*, 1786, in-24 fig., veau écail, fil., tr. dor. (*Anc. rel.*)

60 planches dessinées et gravées à l'eau-forte par M. *Chevalier*, précédées d'un calendrier.

109. FAVRE (de). Les Quatre heures de la toilette des Dames, poëme érotique en quatre chants, dédié à Madame la princesse de Lamballe, par M. de Favre, de la société littéraire de Metz. *A Paris, chez Jean François Bastien*, 1779. in-8, fig., veau écail, fil., tr. mar (*Anc. rel. fatiguée.*)

Illustrations de *S. Le Clerc*, composées d'un frontispice, 1 vignette, 4 figures et 4 culs-de-lampe gravés par *Arrivet*, *Halbou*, *Legrand*, *Le Roy* et *Patas*.

110. FÉNELON. Les Aventures de Télémaque, avec figures en taille douce par MM. Cochin et Moreau le jeune. *A Paris, de l'Imprimerie de Monsieur*, 1790, 2 vol. in-8, papier vélin, fig., veau granit, fil., tr. dor.

Portrait de Fénelon et 24 planches non signées. Sans les figures de *Cochin* et *Moreau*.

111. FÉNELON. Suite de 24 vignettes in-18 de Le Febvre, gravées par Simonet, Dambrun, Godefroy, Delvaux, pour illustrer *Les Aventures de Télémaque*, édition Didot, 1796.

On a ajouté à cette suite un portrait de Fénelon gravé par *Friey* d'après *Colin* et une vignette de *Le Barbier* gravée par *Villerey* pour le chapitre XIII.

112. GESSNER (Salomon). Œuvres. *A Paris, chez Ant. Aug. Renouard, an VII* (1799), 4 vol. pet. in-8, fig., demi-rel. dos et coins de mar. rouge, têtes dor.

Ouvrage orné de 3 portraits et 48 figures par *Moreau*, gravés par *Baquoy, Dambrun, Delvaux, Dupréel, de Gendt, Le Mire, Petit, Simonet* et *Trière*.

113. GRESSET. Œuvres. *A Londres* (*Cazin*), 2 vol. in-18, figure de Marillier, demi-rel. dos et coins de mar. rouge, dos ornés, fil., têtes dor., non rog. (*Petit s^r de Simier.*)

114. HISTOIRE du Vieux et du Nouveau Testament. T'Groot Waerelds Tafereel, in't Frans beschreven door de H. J. Basnage. *Tot Amsterdam*, 1715, in-fol. pl. gr, veau brun, dos orné, comp. sur les plats. (*Anc. rel. hollandaise.*)

Ouvrage recherché pour les figures de *Romain de Hooge*, dont il est orné.

115. HISTOIRE des Ouden en Nieuwen Testaments. (Histoire du Vieux et du Nouveau Testament). *T'Amsterdam by Pieter Mortier*, 1700, 2 vol. in-fol., planches gr.. veau granit dent. et ornements sur les dos et les plats. (*Anc. rel. Hollandaises.*)

Bible de Mortier en PREMIER TIRAGE, avant les clous, nombreuses planches par *Picart, Elgers, Gocrée*, etc.

116. HISTOIRE DES RATS, pour servir à l'Histoire universelle (par Cl. Guill. Bourdon de Sigrais). *Ratapolis*, 1737, in-8, frontispice et figure, mar. grenat, jans., dent. int., tr. dor. (*Amand*)

ÉDITION ORIGINALE.

117. HORATIUS. Quintus Horatius Flaccus Opera. *Parisiis, in ædibus Palatinis scientiarum et artium*, 1799., *Reip.* VIII. *Excudebam Petrus Didot, natur major*, in-fol., papier vélin, demi-rel. dos et coins de mar. rouge, dos orné, fil., tr. dor.

Belle édition imprimée à 250 exemplaires et ornée de 12 vignettes de *Percier*.

118. ILLUSTRES FRANÇAIS, ou tableaux historiques des grands hommes de la France, pris dans tous les genres de célébrité. *Paris, H. Maurice, s. d.*, (1816), in-fol. pl. gr.. cart.

Frontispice, titre gravé et 57 planches numérotées, dessinées par *Marillier*, gravées par *Ponce*.

119. LA FONTAINE. Les Amours de Psyché et de Cupidon avec le poëme d'Adonis. *A Paris, chez Saugrain*, l'an V. 1797, 2 vol. pet. in-12, papier vélin, fig., veau jasp. fil., tr. marb. (*Anc. rel.*)

Édition ornée de 8 figures dessinées par *Moreau*, gravées par *Dambrun, Duhamel, Dupréel, de Ghendt, Halbou, Petit* et *Simonet* ; jolies réductions

des grandes figures de *l'édition de Paris, Didot le Jeune, l'an III* (1795), in-4.
Portrait de La Fontaine, gravé par *Delvaux* d'après *H. Rigault*, répété au tome 2ᵉ.

120. LA FONTAINE. 1 portrait et 8 figures in-12 de *Moreau* pour illustrer les *Amours de Psyché et de Cupidon*, édition Saugrain, 1797.

Belles épreuves à toutes marges.

121. **LA FONTAINE**. Contes et nouvelles en vers. *A Amsterdam (Paris, Barbou)*, 1762, 2 vol. in-8, portr. et fig. mar. rouge, dos ornés, triple fil., tr. dor. (*Anc. rel.*)

Edition dite des *Fermiers généraux*, orné des jolies figures d'*Eisen* et des vignettes et culs-de-lampe de *Choffard*.
Le portrait de Choffard est avant les tailles.

122. **LA FONTAINE**. Contes et nouvelles en vers. *A Paris, de l'Imprimerie de P. Didot l'aîné, l'an III de la République*, 1795, 2 vol. in-4, papier vélin, fig. br.

Exemplaire non rogné auquel on a joint les 20 jolies figures de *Fragonard, Mallet* et *Touzé*.

123. LA FONTAINE. Fables choisies, mises en vers par J. de La Fontaine. *Paris, chez Desaint, Saillant et Durand*, 1755-59, 4 vol. pet. in-fol. planches gr., demi-rel. chag. vert, plats toile, fil., tr. dor.

Frontispice et 275 figures par *Oudry* et portrait d'Oudry d'après *Largillière* gravé par *Tardieu*.

124. LA FONTAINE. Fables choisies. Nouvelle édition gravée en taille-douce. Les figures par le Sʳ Montulay. Dédiées aux Enfans de France. *Paris, chez l'Auteur*, 1765-1775, 6 vol. in-8, veau mar., fil., tr. mar.

Exemplaire de PREMIER TIRAGE.

125. LA FONTAINE. Fables choisies, mises en vers par J. de La Fontaine. *A Bouillon, aux dépens de la Société typographique*, 1776, 4 vol. in-8, fig., demi-rel. chag. bleu, têtes dor.

Frontispice et figures copiées ou imitées d'*Oudry* gravées par *Alard, Bertin, Crescent* et *Savart*.

126. LA FONTAINE. Fables choisies, mises en vers. *A Leiden, chez Luzac et van Damme*, 1786, 6 vol. in-8, fig., cart. non rog.

Frontispice et 275 figures d'après *Oudry*, dessinées et gravées de 1758 à 1781, par *J. Punt, A. Delfos* et *Vinkeles*.

127. LA FONTAINE. Fables, avec figures gravées par MM. Simon et Coiny (d'après les dessins de Vivier). *A Paris, chez Bos-*

sange, Masson et Besson, an IV (1796), 6 vol. in-18, fig., veau jasp. dent., tr. marb.

128. LA FONTAINE. Fables. *A Paris de l'Imprimerie de Pierre Didot l'aîné,* an X (1802), 2 tomes en 1 vol. in-fol. papier vélin, demi-rel. dos et coins de mar. rouge, dos orné, fil. tr. dor.

Belle édition imprimée seulement à 250 exemplaires et ornée de 12 vignettes de *Percier* gravées par *Duplessi-Bertaux*.

129. LA FONTAINE. Fabelen van J. de La Fontaine in nederduitsche vaerzen. *Te Amsterdam, by Johannes Allart,* 1805, 4 vol. avec pagination suivie, fig, demi-rel. bas. verte.

Frontispice et 275 figures d'après *Oudry*, dessinées et gravées de 1758 à 1781 par *J. Punt, A. Delfos* et *Vinkeles*.
Il manque à cet exemplaire la planche 103 de la fable XXI : *L'âne vêtu de la peau du lion* : les planches 83 à 104 sont interverties et se trouvent placées à la suite de la planche 124.

130. LA FONTAINE. Suite de 12 vignettes en largeur de Percier pour illustrer les *Fables de La Fontaine*, édition de P. Didot, 1802.

Tirages à part.

131. LA FONTAINE. Illustrations pour les *Fables de La Fontaine* édition de Leide, 1784-1786 6 vol. in-8 ; fig., en feuilles dans un carton.

274 figures d'après *Oudry*, dessinées et gravées par *J. Punt, A. Delfos* et *Vinkelès*.
Manque le frontispice.

132. LE BRUN (J.-B. Pierre). Galerie des peintres flamands, hollandais et allemands, gravée d'après les meilleurs tableaux de ces maîtres. *Paris*, 1792, planches in-fol. dans un carton.

162 planches sur 201 que comprend l'ouvrage complet.

133. LESAGE. Histoire de Gil Blas de Santillane. Edition ornée de figures en taille-douce, gravées par les meilleurs artistes de Paris. *De l'Imprimerie de Didot jeune, à Paris, chez Janet et Hubert, l'an troisième* (1795), 4 vol. in-8, fig,, demi-rel. dos et coins de mar. rouge, têtes dor. non rog.

Jolies figures de *Bornet, Charpentier* et *Duplessi-Bertaux*, gravées sous la direction de M. *Hubert*.

134. LIVRES ILLUSTRÉS DU XVIIIe SIÈCLE. Réunion de 18 vol. reliés.

Œuvres complettes de Madame Riccoboni. *Paris, Desray*, 1790, 8 vol. in-8, fig., veau marb. — La Nouvelle Héloïse, par J.-J. Rousseau. *Paris, Duchesne* 1764, 4 vol. in-12, fig. de Gravelot, v. marb. — Le Comte de Valmont ou les égaremens de la raison (par l'abbé Gérard), 1807, 6 vol. in-8, fig. de Moreau, veau jasp.

135. LIVRES ILLUSTRÉS DU XVIIIe SIÈCLE. Réunion de 14 vol. reliés.

Les Amours pastorales de Daphnis et Chloé. *Edition Cazin*, 1777, in-18, front., v. f. — Amours de Théagènes et Chariclée. *Edition Cazin*, 1782, 2 vol. in-18, 2 fig. de *Marillier*, cart. — Œuvres de Gesner. *Edition Cazin*, *s. l. n. d.* 2 vol. in-18, demi-rel. veau (manque le tome 3e). — Le Sopha (par Crébillon), 1749, 2 vol. pet. in-12, fig., v. marb. — Œuvres choisies de Grécourt. *Edition Cazin*, 1777, 3 vol. in-18., fig., v. ja p., tr. dor. — L'Abeille, ou almanach des Grâces, des Muses et de Polymnie, an VIII, in-12, front., demi-rel. mar. r. — La Conversation, poëme, par J. Delille, 1812, in-12, fig., cart. — L'Homme des Champs (par le même), 1800, in-12, demi-rel., mar. vert. — Etrennes des honnêtes gens, ou recueil amusant de romances, chansons et vaudevilles, 1797, in-12, front., demi-rel., v. violet.

136. LIVRES ILLUSTRÉS DU XVIIIe SIÈCLE, 13 vol. reliés.

Les Aventures de Télémaque par Fénelon, 1730 2 vol. in-4, fig. de *Coypel* et *Souville*, bas. — L'Eloge de la Folie par Erasme, traduit par Gueudeville, 1731, pet. in-8, fig., v. gran. — même ouvrage, 1752, in-12, fig. d'*Eisen*, v. mar. — Même ouvrage, traduit par Barret, 1789, in-12, fig. v. ec. — Phaedri Augusti Liberti fabularum Æsopiarum, libri quinque, 1742, in-12, demi-rel. non rog. — Le Temple de Gnide par Montesquieu, 1742, pet. in-8, fig., veau. — Apollon mentor, ou le Télémaque moderne, 1748, 2 vol. pet. in-8, fig., veau. — Mémoires turcs (par Godart Daucourt), 1774, 2 tomes en 1 vol. in-12, fig. de *Jollain*, v. mar. — Renati Rapini Hortorum libri IV, 1780, in-12, v. mar. — Les Intrigues du cabinet des rats, apologue national traduit de l'allemand, 1788, in-8, fig., bas. f. — Les Folies du siècle, par M*** (Lelarge de Lourdoueix), 1817, in-8, fig., demi-rel. bas.

137. LIVRES ILLUSTRÉS DU XVIIIe SIÈCLE. Réunion de 9 vol. reliés.

Les Comédies de Térence, traduites par l'abbé Le Monnier. *Paris, Jombert*, 1771, 3 vol- in-8, fig. de *Cochin*, v. éc. tr. mar. — Traduction des fastes d'Ovide par M. Bayeux. *Paris*, 1783-88, 4 vol. in-8, fig. de Le Barbier. — Desbillons. Fabulae Æsopiæ curis posterioribus omnes fere emendatæ accesserunt plus quam clxx novae. 1768, 2 vol. in-8, fig., demi-rel. mar. r. non rog.

138. LIVRES ILLUSTRÉS DU XVIIIe siècle. 10 vol.

Fanni, ou la nouvelle Paméla, histoire anglaise par M. D. Arnaud, 1767, in-8, figure et vignette d'*Eisen*, v. écail. — Mes Passe-temps, chansons suivies de l'Art de la danse, poëme par J. Et. Despréaux, 1806, 2 vol. in-8, fig. de *Moreau*, v. rac. — Œuvres de Colardeau, 1779, 2 vol. in-8, fig. de *Monnet*, v. rac. tr. dor. — Lettres à Emilie sur la mythologie par M. de Moustier, 1795, 2 vol. in-8, fig., v. rac. — La Navigation, poëme par J. Esménard, 1806, in-8, fig., demi-rel. chag. brun. — Eulalie ou les quatre âges de la femme poëme par Ponchon, 1815, in-8, fig., v. rac. dent. tr. dor. — Mon Odyssée ou le journal de mon retour de Saintonge (par Robbé de Beauveset), 1760, in-8, fig. de Desfriches, vélin.

139. LIVRES ILLUSTRÉS DU XVIIIe SIÈCLE, ouvrages dépareillés. 14 vol. br. et rel.

Œuvres de Salomon Gessner, 1786-1793, 2 vol. in-4, fig. de *Le Barbier*, cart. (manque le 3e volume). — Fables choisies mises en vers par J. de La Fontaine, édition gravée en taille douce, les figures par le sieur Fessard, le texte par Montulay, 1765, 4 vol. in-8 fig., tomes I, II et IV en mar. vert, fil. tr. dor. *anc. rel.* et le tome III cart. — Contes et nouvelles en vers par

La Fontaine. *Paris, Lefèvre*, 1822, in-8, fig. de *Moreau*, demi-rel. mar. violet. — Contes et nouvelles de Marguerite de Valois, reine de Navarre. 1784 8 vol, (moins le tome 1er) in-8, fig. de Freudenberg, brochés.

140. LONGUS. Les Amours pastorales de Daphnis et Chloé. *S. l.*, 1745, pet. in-8, fig., mar bleu, large dent. à fleurons style XVIIIe siècle, dent. int., tr. dor. (*Amand.*)

Bel exemplaire orné de 29 figures, gravées par *Audran* d'après *Philippe d'Orléans, Régent*, publiées dans l'édition de 1718 ; avec la figure de *Coypel*, dite des *Petits pieds*.

On y a ajouté la suite de 1 frontispice et de 8 figures de *Scotin* de l'édition de Paris, Constelier, 1731.

141. LONGUS. Les Amours pastorales de Daphnis et Chloé, par Longus. Double traduction du grec en francais de M. Amiot et d'un anonime (Le Camus), mises en paralèlle. *Paris, imprimées pour les curieux*, 1757, in-4, front. et fig., veau mar. dos orné, fil., tr. dor. (*Anc. rel.*)

Edition ornée de figures dessinées par le *Régent*, gravées par *Audran*, renfermées dans des encadrements, et de vignettes en têtes et culs-de-lampe par *Eisen* et *Cochin*.

Chiffre H. R. sur les plats de la reliure, ajouté.

142. LUCRÈCE, traduction nouvelle avec des notes, par M. L' G" (La Grange). *A Paris, chez Bleuet*, 1768, 2 vol. in-8, fig. de Gravelot, veau marb., dent., tr. rouges. (*Anc. rel.*)

Exemplaire imprimé sur PAPIER DE HOLLANDE.

143. LUCREZIO (Di Tito). Caro della natura delle cosi libri sei. Tradotti dal latino in italiano da Allessandro Marchetti. *In Amsterdamo (Paris)*, 1754, 2 vol. in-8, basane, fil., tr. marb.

2 frontispices, 2 titres par *Eisen* et 6 figures de *Cochin* et *Le Lorrain*.

144. MABLY (de). Entretiens de Phocion, sur le rapport de la morale avec la politique; traduits du grec de Nicolès par Mably. *A Paris de l'Imprimerie de Didot le jeune, l'an troisième*, in-4, veau rac., fil. (*Anc. rel.*)

Exemplaire imprimé sur GRAND PAPIER VÉLIN, orné de 2 figures de *Moreau* épreuves AVANT la lettre.

145. MALFILATRE. Narcisse dans l'Isle de Vénus. *A Paris, chez Lejay, s. d.* (*De l'Imprimerie de la Vve Ballard*, 1789), in-8, fig., broché.

Titre par *Eisen*, gravé par *de Ghendt* et 4 figures de *G. de Saint-Aubin*, gravées par *Massard*.

Bel exemplaire de PREMIER TIRAGE, non rogné.

146. **MARGUERITE**, reine de Navarre. Heptaméron francois. Les Nouvelles de Marguerite, reine de Navarre. *Berne, chez la Nouvelle Société typographique*, 1780-1781, 3 vol. in-8, frontis-

pice par Dunker, figures de Freudeberg. vignettes et culs-de-lampe par Dunker, mar. rouge à longs grains, large dent., tr. dor.

Bel exemplaire relié par *Bozérian.*

147. MARMONTEL. Contes moraux, par Monsieur Marmontel, de l'Académie françoise. *A Paris, chez J. Merlin,* 1765, 3 vol. in-8, veau fauve, dos ornés, fil., tr. dor. (*Anc. rel.*)

Portrait par *Cochin*, gravé par *Saint-Aubin*, titre par *Gravelot* gravé par *Duclos*, répété à chaque volume et 23 figures de *Baquoy, Legrand, Lemire, de Longueil*, etc.
Exemplaire sans l'*errata*.
Au-dessous du faux-titre du tome 1er se trouve placé l'étiquette suivante : *Le Tellier, Relieur du roi, rue des sept voyes à l'Impr royale à Paris.*

148. MEUNIER DE QUERLON. Titre par Moreau, frontispice par Boucher, et 5 figures de Moreau, gravées par de Launay, de Longueil, Massard et Simonet pour *les Grâces*, édition de Prault, 1769, in-8.

Belles épreuves à toutes marges et AVANT LA LETTRE.

149. MŒURS ET COUTUMES DES PEUPLES, ou collection de tableaux représentant les usages remarquables, les mariages, funérailles, supplices et fêtes des diverses nations du monde. *Paris, chez Mme Vve Hocquart,* 1811, 2 tomes en 1 vol., in-4, planches, demi-rel. bas.

Ouvrage divisé en 36 livraisons formant 2 volumes, contenant chacune 4 planches en couleur.

150. MOLIÈRE. Les Œuvres de Monsieur de Molières. Nouvelle édition, revue, corrigée et augmentée. Enrichie de figures en taille-douce. *Paris, Ribou,* 1718, 8 vol. in-12, demi-rel. veau fauve, tr. marb.

Les figures sont coloriées.

151. **MOLIÈRE**. Œuvres. Nouvelle édition. *Paris,* 1734, 6 vol. gr. in-4, portrait par Coypel, figures, vignettes et culs de lampe, par Boucher, Blondel et Oppenord, mar. rouge, dos ornés, fil., dent. int., tr. dor. (*Chambolle-Duru.*)

Bel exemplaire de PREMIER TIRAGE, très grand de marges, avec de nombreux témoins.

152. MOLIÈRE. Œuvres. Nouvelle édition augmentée de la vie de l'auteur et des remarques historiques et critiques par M. de Voltaire. *A Amsterdam et à Leipzig, chez Arkstée et Merkus,* 1765, 6 tomes en 3 vol. petit in-12, fig., demi-rel. veau brun non rog.

Jolie édition contenant les 32 figures dessinées et gravées par *Punt*

d'après *Boucher*, 1 portrait de Molière, d'après *Mignard*, 1 frontispice et 1 fleuron répété sur les titres.
Exemplaire non rogné.

153. MOLIÈRE. Œuvres de Molière, avec des remarques grammaticales ; des avertissemens et des observations sur chaque pièce par M. Bret. *Paris, par la Compagnie des libraires associés*, 1773, 6 vol. in-8, portr. et fig., veau écail, fil., tr. dor. (*Anc. rel.*)

Portrait de Molière gravé par *Cathelin* d'après *Mignard*, 6 fleurons sur les titres, dessinés et gravés par *Moreau*, et 33 figures par le même, gravées par *Simonet*, *Née*, *Duclos*, *Leveau*, *Baquoy*, *de Launay*, *de Ghendt*, *Masquelier*, *Le Bas*, *Legrand*, *Helman*.
Bon exemplaire contenant en double les pages 66-67 et 81 du tome 1er.

154. MOLIÈRE. Œuvres, avec des remarques grammaticales, des avertissemens et des observations sur chaque pièce, par M. Bret. *A Paris, par la Compagnie des Libraires associés*, 1788, 6 vol. in- 8, portrait d'après Mignard, fleurons et fig. de Moreau, veau marb. dent., tr. dor. (*Anc. rel.*)

La meilleure réimpression de l'édition de 1773.

155. MONET. Anthologie francoise ou chansons choisies depuis le XIIIe siècle jusqu'à présent (par Monet). *S. l.* (*Paris*), 1785, 3 vol. in-8, portrait de Monet et 3 fig. de Gravelot, veau rac. (*Anc. rel.*)

On a ajouté à cet exemplaire les *Chansons joyeuses, par un ane onyme* (par Collé), 1785, 2 parties en 1 vol. in-8. Ce volume n'est pas de reliure uniforme.

156. MONUMENS de la vie privée des douze Césars d'aprés une suite de pierres gravées sous leur règne. — Monumens du culte secret des Dames romaines, pour servir de suite à la vie privée des douze Césars (par d'Hancarville). *A Caprées, chez Sabellus.* (*Nancy, Leclerc*), 1780-1784, 2 vol. in-4, fig., veau écail, fil., tr. dor. (*Anc. rel.*)

157. OVIDE. Les Métamorphoses, traduites par J. G. Dubois Fontanelle, nouvelle édition, corrigée et augmentée de notes avec le texte latin et fig. par F. G. Desfontaines. *Paris, Duprat*, 1802, 4 tomes en 2 vol. in-8, fig., veau rac., dent., tr. marb.

157bis. **OVIDE.** Les Métamorphoses d'Ovide, traduction nouvelle avec le texte latin, suivie d'une analyse de l'explication des fables, des notes géographiques historiques, mythologiques et critiques, par M. G. T. Villenave. *A Paris, chez les éditeurs Gay et Questard* (*Imprimerie de Didot l'aîné*), 1806, 4 vol. in-4, fig., mar. rouge, dos ornés, fil., dent. int. (*Chambolle Duru.*)

Bel exemplaire imprimé sur GRAND PAPIER VÉLIN, orné de la suite du frontispice et des 144 figures de *Le Barbier, Monsiau* et *Moreau*, AVANT la lettre et encadrées.

On y a ajouté : la suite du frontispice et des 140 figures de *Boucher, Eisen, Gravelot, Le Prince, Monnet, Moreau*, etc., faite pour l'édition publiée par l'abbé Banier, 1767-1771, en PREMIER TIRAGE; les 4 fleurons des titres, les 4 vignettes et le cul de lampe de cette édition en tirages à part, à grandes marges.

158. PLAIDOYER de Monsieur Freydier, avocat à Nismes, contre l'introduction des cadenats, ou ceintures de chasteté. *A Montpellier, chez Aug. Fr. Rochard*, 1750, pet. in-8 de 38 pages, avec 2 planches, cart.

Réimpression, figure de *Moreau* ajoutée.

159. RABAUT et LACRETELLE. Précis de l'histoire de la Révolution française. *Paris, Treutel et Würtz*, 1804-1806, 6 vol. in-18, fig., demi-rel., dos et coins de mar. rouge, têtes dor. ébarbés.

Assemblée législative, 1 vol. — Convention nationale, 2 vol. — Directoire exécutif, 2 vol. — Table, 1 vol.

160. RABELAIS. Œuvres de maitre François Rabelais, avec des remarques historiques et critiques de Mr. Le Duchat. Nouvelle édition ornée de figures de B. Picart. *Amsterdam, J. F. Bernard*, 1741, 3 vol. in-4, portrait, front. de Folkema, titres de B. Picart, 12 fig. de Dubourg, et culs-de-lampe de B. Picart, veau fauve, fil., tr. dor. (*Anc. rel.*)

Bel exemplaire.

161. RABELAIS. Œuvres de maitre François Rabelais. *A Amsterdam, Bernard*, 1741, 3 vol. in-4, portrait, front. et fig. gr., mar. rouge, dos ornés, comp. à la Duseuil, dent. int., tr. dor. (*Smeers.*)

Bel exemplaire d'une édition recherchée.

162. RABELAIS. Œuvres de maître François Rabelais, suivies des remarques publiées par M. Le Motteux et traduites par C. D. M. (de Missy). *Paris, Bastien*, an VI (1798), 3 vol. in-8, fig., veau jasp. fil., tr. marb. (*Anc. rel.*)

Notes critiques sur les feuillets de garde et le faux-titre du premier volume.

163. RACINE (J.). Œuvres. *A Paris, de l'Imprimerie de P. Didot l'aîné, an IX* (1801-1805), 3 vol. gr. in-fol., pl. gr., demi-rel., dos et coins de mar. rouge, dos ornés, fil., tr. dor.

Très beau livre tiré à 250 exemplaires, illustré d'un frontispice de Prudhon et 56 planches par *Chaudet, Gérard, Girodet, Moitte, Peyron, Serangeli* et *Taunay*.

164. RACINE. Portrait et 12 figures in-8, par Moreau, publiés par A. Aug. Renouard, pour illustrer *le Théâtre*, 1811.

Belles épreuves à toutes marges.

165. RAYNAL. Histoire philosophique et politique des Etablissemens et du commerce des Européens dans les Deux Indes *A Genève, chez J. L. Pellet*, 1780, 10 vol. in-8, portrait et fig. de Moreau et 1 vol, in-4, formant un atlas composé de cartes, veau écail, fil., tr. marb. (*Anc. rel.*)

166. RECUEIL de quatre poëmes illustrés du XVIIIe siècle, réunis en 1 vol. in-8, veau, tr. mar. (*Anc. rel.*)

La Danse, chant quatrième du poëme de la Déclamation (par Dorat.) *Paris, Séb. Jorry*, 1768, in-8, fig. d'*Eisen*.
La Peinture, poëme en trois chants, par M. Le Mierre. *A Paris, chez Le Jay, s. d.*, in-8, titre et 3 fig. de *Cochin*.
Le Jugement de Parts, poëme en IV chants par M. Imbert. *Amsterdam*, 1772, in-8, titre et 4 fig. de *Moreau*, 4 vign. de *Choffard*.
L'Isle merveilleuse, poëme en trois chants traduit du grec. *Genève*, 1768, in-8.
Armoiries sur les plats de la reliure.

167. RECUEIL DES MEILLEURS CONTES en vers (par La Fontaine, Voltaire, Vergier, Senecé, Perrault, Grécourt, Piron, Autereau, Saint-Lambert, Champfort, Dorat, Fr. de Neufchateau, La Monnoye, Moncrif et Ducerceau). *A Londres* (*Paris, Cazin*), 1778, 4 vol. in-18, portr. et 116 fig. à mi-page, veau rac. dent., tr. mar. (*Anc. rel.*)

Hauteur : 125 mill.

168. REGNARD. Œuvres complètes, avec des avertissements et des remarques sur chaque pièce par M. Garnier, nouvelle édition ornée de gravures. *De l'Imprimerie de Crapelet, à Paris, chez Lefèvre*, 1810, 6 vol. in-8, fig., de Marillier, veau jaspé, dent. tr. dor. (*Anc. rel.*)

169. RESTIF DE LA BRETONNE. Les Contemporaines, ou aventures des plus jolies femmes de l'âge présent ; recueillis par N. E. E. R** de L. B***. *Imprimé à Leipsick par Buchel marchand libraire et se trouve à Paris chès la Dame Vve Duchesne*, 1781-1785, 42 vol. in-12, fig., demi-rel. chag. bleu, têtes dor.

Jolies figures de *Binet*.

170. RESTIF DE LA BRETONNE. Les Françaises, ou XXXIV exemples choisis dans les mœurs actuelles propres à diriger les Filles, les Femmes, les Epouses et les Mères. *A Neufchatel, et se trouve à Paris, chès Guillot*, 1786, 4 vol. in-12, fig., demirel. chag. bleu, têtes dor.

171. SAINT-LAMBERT. Les Saisons, poëme, cinquième édition, revue et corrigée. *Amsterdam*, 1773, in-8, fig., veau écail, fil., tr. marb. (*Anc. rel.*)

Frontispice et 4 [illegible]lies de figures de *Gravelot* et *Le Prince*; fleuron sur le titre et 4 en-tête, dessinés et gravés par *Choffard*.

172. SAINT-LAMBERT. Les Saisons, poëme, septième édition. *A Amsterdam*, 1775 in-8, fig., demi-rel. chag. vert, tête dor.

Fleuron sur le titre, 4 vignettes de *Choffard* et 7 figures de *Moreau*.

173. SCARRON. Le Roman comique. Edition ornée de figures dessinées par Le Barbier et gravées sous sa direction. *De l'Imprimerie de Didot jeune, à Paris Janet Habert, l'an quatrième* (1796), 3 vol. in-8, fig., demi-rel. veau bleu, tr. mar.

174. **TABLEAUX HISTORIQUES DE LA RÉVOLUTION FRANÇAISE.** (Collection complète des.) (Texte par l'abbé Fauchet, Champfort, Ginguenée et Pagès), *à Paris, de l'Imprimerie de Pierre Didot l'ainé, se vend à Paris, rue Lazare, chaussée d'Antin n° 88, an VI de la République Française* (1798), 3 vol. in-fol., papier vélin, pl. et portr., veau rac., dent. tr. dor.

Bel exemplaire de PREMIER TIRAGE, contenant les compositions dessinées par *Duplessis-Bertaux*, *Fragonard fils*, *Girardet*, *Meunier*, *Ozanne*, *Prieur*, *Delvaux*, etc., et des portraits historiques (troisième volume publié en 1804), exécutés à la manière du lavis, dûs pour la plupart à *Le Vachez*, avec des scènes de *Duplessis-Bertaux*, en forme de bas-relief.

175. TABLEAUX HISTORIQUES de la Révolution Française. Tafereelen Van de Staat-Somwenteling in Frankrijk. *Te Amsterdam, bij Johannes Allard*, 1794-1801, 2 vol. in-8, fig., cart.

Copie hollandaise des *Tableaux de la Révolution*, contenant 25 frontispices gravés par *Vinkelès*, 79 portraits par *Claessens* et *Portmann*, et 77 figures pliées, par *Brion*, *Benazech*, *Casenave*, *Duplessis-Bertaux*, *Girardet*, *Monnet*, *Ozanne*, *Pellegrini*, *Swebach*, *Vernet*, etc., gravées par *Claessens*, *Vinkelès* et *Vrydag*.

176. TARSIS ET ZÉLIE (par Levayer de Boutigny). Nouvelle édition. *Paris, Musier fils*, 1774.

3 frontispices par *Cochin*, *Moreau* et *Eisen*, et 20 vignettes par *Eisen*. Exemplaire fatigué.

177. TASSO (T). Aminta favola boscareccia di Torquato Tasso. *In Parigi, appresso Prault*, 1745, in-12, fig., mar. noir, fil., tr. dor. (*Anc. rel.*)

Titre gravé avec fleuron, vignette à l'épitre dédicatoire adressée à la comtesse de Nadaillac, représentent ses armoiries et 8 vignettes dessinées par *Cochin*, gravés par *Aveline*.

178. TASSE (le). La Jérusalem délivrée, traduite en vers français par L. P. M. F. Baour-Lormian. *A Paris de l'Imprimerie de*

P. Didot l'aîné, l'an IV de la République Française, (1796), 2 vol. in-4, fig., de Cochin, demi-rel. veau fauve, dos ornés, fil., tr. peign.

179. TASSE (le). Jérusalem délivrée, poëme traduit par Lebrun. *Paris, chez Bossange, Masson et Besson, l'an II, Ere Républicaine*, 2 vol. in-8, front. titres gr. et fig. de Gravelot, demi-rel. dos et coins de mar. rouge, dos ornés, têtes dor.

180. TASSE (le). Jérusalem délivrée, poëme traduit de l'italien (par Lebrun), nouvelle édition revue et corrigée, enrichie de la vie du Tasse (par Suard). *Paris, Bossange*, 1814, 2 vol. in-8, port. par Chasselat, 20 fig, de Le Barbier, demi-rel. veau vert, tr. mar. (*Miron*).

Bel exemplaire avec les figures AVANT la lettre et les papiers de soie, sur lesquels la lettre se trouve imprimée.

181. TERNISIEN D'HAUDRICOURT. Fastes de la Nation française. *A Paris, chez Decrouan, graveur s, d.*, (1825), 3 vol. gr. in-4, papier vélin, demi-rel. basane rouge, plats papier rouge, dent. tr. dor.

Cet ouvrage a principalement trait aux guerres qui ont suivi la Révolution de 1789, et aux campagnes de Napoléon.

Cette nouvelle édition est augmentée de l'entrée de Charles X à Paris, de quelques autres planches et de tables alphabétiques des planches de chaque volume.

182. TESTAMENT. Le Nouveau Testament en latin et en français, traduit par Sacy. Les Actes des apôtres. *De l'Imprimerie de Didot jeune, à Paris, chez Saugrain*, 1798, in-8, demi-rel. dos et coins de mar. rouge, jans., tête dor., ébarbé.

28 figures de *Moreau le jeune*.

183. THOMPSON. Les Saisons, poëme traduit de l'anglais. Edition ornée de figures dessinées par Le Barbier et gravées sous sa direction. *Paris, Imp. de Didot jeune*, 1796, in-8, mar. rouge, dent., tr. dor. (*Remboitage*.)

Exemplaire imprimé sur PAPIER VÉLIN avec les 4 figures AVANT la lettre.

184. TIBULLE. Elégies de Tibulle, par Mirabeau, avec quatorze figures. *Paris, an VI* (1798), 3 vol. in-8, portraits et fig. de Borel, veau rac., dent., tr. mar.

185. TRESSAN (Comte de). Œuvres choisies avec figures. *A Paris, rue et hôtel Serpente*, 1787-1791, 12 vol. in-8, fig., veau marb. (*Anc. rel.*)

Jolies figures de *Marillier*.

186. VIRGILE. L'Eneide de Virgilio del commendatore Annibal Caro. *In Parigi, presso la vedova Quillau*, 1760, 2 vol. in-8, portraits, titres, figures, vignettes et culs-de-lampe, par Zocchi, demi-rel. dos et coins de mar. rouge, jans., têtes dor., non rognés.

187. VIRGILIUS. Publius Virgilius Maro. Bucolica, Georgica et æneis. *Parisiis in ædibus Palatinis*, 1798, *Reip. VI, Excudebam Petrus Didot, natu major*, in-fol. papier vélin, demi-rel. dos et coins de mar. rouge, dos ornés, fil., tr. dor.

Belle édition imprimée seulement à 250 exemplaires, ornée d'un frontispice et 24 figures par *Gérard* et *Girodet*, dont 8 pour les *Bucoliques*, 4 pour les *Géorgiques* et 12 pour l'*Eneide*.

188. VOLTAIRE. La Pucelle d'Orléans, poëme divisé en vingt chants, avec des notes. *S. l. (Genève)*, 1762, in-8 veau marb.

20 figures non signées. Première édition avouée par Voltaire.

189. VOLTAIRE. La Pucelle d'Orléans, poëme en vingt-un chants avec des notes. *Londres, (Paris, Cazin)*, 1780, 2 vol. in-18, fig., veau marb. fil., tr. dor. (*Anc. rel.*)

Ouvrage orné d'un frontispice et de 21 jolies vignettes, par *Duplessi-Bertaux*, non signés.

190. VOLTAIRE. Romans et contes. *Bouillon, aux dépens de la Société typographique*, 1778, 3 vol. in-8, veau racine, pet. dent., tr. dor. (*Anc. rel.*)

Portrait de Voltaire, gravé par *Cathelin* et 57 figures par *Marillier, Martini, Monnet* et *Moreau*, gravées par *Baquoy, Châtelin, Deny, Dambrun* et autres.

191. VOLTAIRE. Suite de 10 figures par Moreau, gravées par Dambrun, de Launay, Duclos, Guttenberg, Helman, Lingée, Patas Romanet, Simonet et Trière pour *la Henriade de Voltaire, édition de 1789*, in-4, 1 portrait de Henri IV, par Porbus, gravé par Tardieu, et un titre gravé.

Belles épreuves à toutes marges.

192. VOLTAIRE. Seconde suite d'estampes, exécutée par Moreau pour illustrer les *œuvres de Voltaire édition Renouard* 1802.

Collection complète de 114 figures et 46 portraits in-8, à toutes marges. Ensemble 160 pièces.

193. VOYAGES EN FRANCE, (de Chapelle et Bachaumont, de Lefranc de Pompignan, de Fléchier, Gresset, Piron, Gaucher, etc.), ornés de gravures, avec des notes par La Mesangère. *Paris, Imprimerie de Chaignieau aîné, l'an IV-VI* (1795-1798), 4 vol. in-18, fig., demi-rel. veau fauve, ébarbés.

Exemplaire contenant au tome 1er, page 64, la figure des *Priapes*.

III

LIVRES MODERNES

DANS

TOUS LES GENRES

194. ADELINE (Jules). Rouen disparu. Vingt eaux-fortes, précédées d'une notice illustrée. — Rouen qui s'en va (pour servir de complément à Rouen disparu). *Rouen, E. Augé*, 1876, 2 vol. in-4, en livraisons.

Publication de luxe imprimée seulement à 125 exemplaire.

195. AICARD (Jean). La Chanson de l'Enfant. *Paris, Georges Chamerot*, 1884, gr. in-8, fig., demi-rel. dos et coins de mar. rouge, dos orné, fil., tête dor. (*Smeers Engel.*)

Ouvrage orné de 128 compositions par *T. Lobrichon* et *Rudaux*, gravées sur bois.

196. AICARD (Jean). Le Livre des petits, illustré de 56 compositions de Jean Geoffroy. *Paris, Ch. Delagrave, s. d.*, pet. in-4, papier vélin teinté, fig., broché, (couvert. illust.).

197. ALBUMS DE CARICATURES sur le second Empire, la Guerre de 1870 et la Commune, lithographies en couleurs. 17 recueils in-4, en cartons.

La Ménagerie impériale, 31 planches, Exemplaire en double. — Affiliation de Badinguet, 10 planches de Morsabeau. — Le Pilori, par H. Mailly, 30 planches. — Les Soldats de la République, par Draner, 28 planches. — Paris dans les caves, par Moloch, 39 planches. — Peartardÿ et Gradperret, 15 planches. — Le Musée homme, par Faustin, 16 planches. — Fleurs, fruits et légumes du jour, par Alfr. Le Petit, 31 planches. — Souvenirs du siège de Paris, par Draner, 31 planches. — Les Femmes de Paris assiégé, idylles et épopées, par Faustin, 8 planches. — Paris assiégé, scènes de la vie parisienne, par Draner, 31 planches. — Les Folies de la Commune, 19 planches. — Agonie de la Commune, 16 planches, par C. de Marcilly. — Souvenirs de la Commune, par L. Schérer, 29 planches. — Les Fils de Cerbère, par Moloch, 19 planches. — Les Automédons, par Moloch, 24 planches.

198. ALBUM DE LITHOGRAPHIES, d'après les dessins de Mrs Bellangé, Charlet et Vernet, *s. l. n. d.*, (1824), in-4, demi-rel. veau bleu.

50 planches.

199. ALBUM DE LITHOGRAPHIE de Charlet et H. Vernet. *Paris, lith. de Gihaut fr.*, 1827, 48 planches lithographiées, demi-rel. bas. rouge.

200. ALBUM DES DEMOISELLES, composé de feuilles choisies parmi les sujets de la revue des peintres parus cette année. *Paris, Aubert, s. d.*, in-4, cart.

24 lithographies.

201. AMPÈRE (J.-J.). L'Histoire romaine à Rome, par J.-J. Ampère, 4 vol. — L'Empire romain à Rome (par le même), 2 vol. *Paris, Michel Lévy, Fr.*, 1862-1867, 6 vol. in-8, brochés.

202. ANTHOLOGIE SATYRIQUE. Répertoire des meilleures poésies et chansons joyeuses parues en français depuis Clément Marot jusqu'à nos jours, publié par et pour la Société des Bibliophiles Cosmopolites. *Luxembourg, imprimé par les presses de la Société*, 1876-1878, 8 vol. in-16, papier vergé, brochés.

Imprimé à petit nombre.

203. APULÉE. L'Ane d'or ou la métamorphose. Traduction de Savalète, gravures dessinées par A. Racinet et P. Bénard. *Paris, A. Firmin Didot*, 1872, in-8, fig., broché, couverture.

Exemplaire auquel on a joint les feuillets non cartonnés.

204. APULÉE. L'Ane d'or. *Paris, A. Firmin Didot*, 1872, in-8, fig., en feuilles.

Exemplaire imprimé sur PAPIER DE CHINE.

205. ARCHIVES DE LA COMÉDIE-FRANÇAISE. Registre de La Grange, 1658-1685, précédé d'une notice bibliographique, publié par les soins de la Comédie-française. Janvier, 1876. *Paris, J. Claye, s. d.*, in-4, papier de Hollande, broché.

206. ARMENGAUD. Les Galeries publiques de l'Europe : Rome. *Paris, J. Claye*, 1856, in-fol., fig., demi-rel. mar. bleu, plats toile, fers spéciaux, tr. dor.

207. ASSELINEAU (Charles). Bibliographie romantique. *Paris, Rouquette*, 1872, in-8, frontisp. de Bracquemont, dos et coins de mar. rouge, tête dor., non rogné. (*Brany.*)

Seconde édition, revue et augmentée.

208. AUCASSIN ET NICOLETTE, chantefable du douzième siècle, traduite par A. Bida, préface par Gaston Paris. *Paris, Hachette et Cie*, 1878, gr. in-8, fig., broché.

Exemplaire sur PAPIER DE CHINE.

209. AUGIER (Emile). Théâtre. *Paris, Michel Lévy, fr.*, 1856-57, 6 vol. in-18, demi-rel. dos et coins de mar. rouge, dos ornés, fil., têtes dor.

Jolie édition, rare.
En tête du tome 1er se trouve une réfutation de la notice de la biographie Michaud, qui contenait des imputations injurieuses contre Pigault-Lebrun, grand-père d'Emile Augier.

210. AUMALE (Duc d'). Les Institutions militaires de la France. *Bruxelles, C. Muquardt*, 1867, gr. in-8, papier vélin fort, texte encadré de filets en couleur, broché.

Ouvrage imprimé à 115 exemplaires numérotés.

211. BALZAC (H. de). Les Contes drolatiques, mis en lumière par le sieur de Balzac. Septiesme édition, illustrée de 425 dessins par Gustave Doré. *Paris, Garnier Frères, s. d.*, pet. in-8, fig., mar. rouge, dos orné à petits fers, fil., dent. int., tr. dor. (*Hardy-Mennil.*)

Exemplaire imprimé sur PAPIER DE CHINE.

212. BALZAC (H. de). Œuvres complètes, notice biographique par George Sand. *Paris, Alex. Houssiaux*, 1853-1855, 20 vol. in-8, fig., demi-rel. dos et coins de mar. brun, têtes dor., ébarbés.

Cette édition renferme 154 gravures d'après les dessins de *E. Johannot, Meissonier, Gavarni, Andrieux* et *Bertall*, y compris un frontispice et un portrait de Balzac.

213. BARILLET (J.). Les Pensées. Histoire, culture, multiplication, emploi par J. Barillet, jardinier en chef de la ville de Paris, *Paris, J. Rothschild*, 1869, in-4, pl., broché.

Ouvrage orné de nombreuses vignettes et de 25 chromolithographies exécutées d'après les spécimens de *P. Lesemann*, jardinier en chef à Hietzing, près Vienne.
Tiré à 200 exemplaires à l'Imprimerie impériale d'Autriche.

214. BEAUMARCHAIS. Théâtre avec une notice et des notes par Ch. Beauquier. Le Mariage de Figaro. *Paris, Alph. Lemerre,* 1872, in-16, mar. rouge fil. à fr. fleurons et milieux or, dent. int. tr. dor. (*Smeers.*)

215. **BEAUMARCHAIS**. Théâtre complet. Réimpression des éditions princeps avec les variantes des manuscrits originaux, publiées par G. d'Heylli et F. de Marescot. *Paris, Académie des Bibliophiles. (Impression par D. Jouaust)*, 1867-1871, 4 vol. in-8, portrait, mar. rouge, dos ornés, fil., doublés de mar. vert, entièrement couverts de fers XVIIIe siècle, vases de fleurs, torches et filets, dor. sur brochure. (*Marius Michel.*)

Un des 15 exemplaires imprimés sur PAPIER WHATMAN, très richement relié.

216. BEAUX-ARTS. Mélanges. 4 vol. reliés et brochés.

Dictionnaire des antiquités romaines et grecques, par Rich, traduits par Chéruel. *Paris, Firmin Didot*, 1861, in-12 à 2 col., demi-rel., chag. r. — Connaissances nécessaires à un amateur d'objets d'art et de curiosité, par Ancel Oppenheim. *Paris, Rouveyre*, 1879, in-8, br. — Les Ventes de tableaux, dessins et objets d'art aux XVIIe et XVIIIe siècles, par Georges Duplessis. *Paris, Rapilly*, 1874, in-8, br. — Bibliographie des Beaux-Arts, par Ern. Vinet, 1877, 2e livraison, in-8, br.

217. BEAUX-ARTS (Les.). Musée des chefs-d'œuvre contemporains. *Paris, E. Dentu*, 1875-1875, 14 livraisons in-fol.

Année 1875 (1re). Livraisons de janvier à octobre, moins celle de juin. — Année 1876. Livraisons de janvier, mars et mai à octobre.
Ces différentes livraisons sont imprimées sur PAPIER DE HOLLANDE avec les planches en *épreuves d'artiste* et en double tirage, chine sur bristol et chine volant.

218. BÉGIN (Emile). Voyage pittoresque en Espagne et en Portugal, illustrations de MM. Rouargue frères. *Paris, Belin Leprieur et Morizot, s. d.*, (1852), gr. in-8, fig., demi-rel. chag. rouge, plats toile, tr. dor.

219. BÉGIN (Emile). Voyage pittoresque en Suisse en Savoie et sur les Alpes. Illustrations de MM. Rouargue frères. *Paris, Belin. Leprieur et Morizot*, 1852, gr. in-8, fig. cart. perc. noire, fers spéciaux sur le dos et les plats. tr. dor.

PREMIER TIRAGE.

220. BELLEAU (Rémy). Œuvres complètes. Nouvelle édition publiée d'après les textes primitifs avec variantes et notes par A. Gouverneur. *Nogent-le-Rotrou*, 1867, 3 vol. pet. in 8, papier de Holl. brochés.

Cette jolie édition n'a été imprimée qu'à 140 exemplaires.

221\. BÉRANGER. Chansons par M. J. P. de Béranger, *A Paris, chez les marchans de nouveautés*, 1821, 2 vol. in-12, demi-rel. dos et coins de mar. rouge, dos ornés, fil., têtes dor., ébarbés.

Edition originale de la seconde partie.
Les 2 volumes renferment 162 chansons.

222\. BÉRANGER. Œuvres complètes, édition unique revue par l'auteur, ornée de 104 vignettes en taille douce dessinées par les peintres les plus célèbres. *Paris, Perrotin*, 1834, 4 tomes en 2 vol. in-8, fig., demi-rel. chag. noir.

104 vignettes de *Tony Johannot, Devéria, Boulanger, Charlet, Grandville, Raffet, Bellanger.*

223\. BÉRANGER. Chansons, contenant 53 gravures sur acier, d'après Charlet, A. de Lemud, Johannot, Grenier, Jacque, Pauquet, etc., 2 vol. – Dernières chansons de Béranger, illustrées de 14 dessins de A. de Lemud, 1 vol. — Musique des chansons de Béranger, airs notés anciens et modernes, 1 vol. — Ma Biographie écrite par Béranger, avec un appendice et des notes, 1 vol., *Paris, Garnier frères*, 1869. — Ensemble 5 vol. in-8, fig., demi-rel. dos et coins de mar. bleu, dos ornés à la grotesque, têtes dor. ébarbés.

224\. BERNHARDT (Sarah). Dans les nuages. Impressions d'une chaise. Récit recueilli par Sarah Bernhardt, illustré par Georges Clairin. *Paris, G. Charpentier, s. d.*, (1878), in-4 papier vélin teinté, fig., br., couverture illustrée.

225\. BERTALL. La Comédie de notre temps. Etudes au crayon et à la plume. *Paris, Plon*, 1874-1875, 2 vol. — La Vie hors de chez soi, par le même. *Ibid., Id.*, 1876. — Ens. 3 vol. gr. in-8, nomb. illust., brochés.

226\. BERTALL. La Vigne, voyage autour des vins de France. Etude physiologique, anecdotique, historique, humoristique. *Paris, E. Plon*, 1878, gr. in-8, fig., broché, couverture.

Premier tirage.

227\. BIBLE (La Sainte). Traduction nouvelle selon la Vulgate par MM. J. J. Bourassé et P. Janvier, chanoines de l'Église métropolitaine de Tours. Dessins de Gustave Doré, ornementation du texte, par H. Giacomelli. *Tours, Alfr. Mame et fils*, 1866, 2 vol. in-fol., pl. gr., demi-rel., dos et coins mar. La Vall., tête dor., ébarbé.

Second tirage sous cette date augmenté de 36 compositions nouvelles de *Gustave Doré.*

228\. BIBLE (La Sainte). Traduite en français par Lemaistre de

Sacy, accompagné du texte latin de la Vulgate, nouvelle édition revue par M. l'abbé Jacquet et illustrée de nombreuses figures sur acier. *Paris, Garnier fr.*, 1867-68, 6 vol. gr. in-8, fig., demi-rel. dos et coins de mar. brun, têtes dor. ébarbés.

229. BIBLIOGRAPHIE. 2 vol. et 5 fascicules.

Cazin, sa vie et ses éditions, par un cazinophile (Brissard-Binet, libraire à Reims). *Reims*, 1876, in-16, br. — Guide de l'amateur de livres à vignettes du XVIIIe siècle, par Henry Cohen. *Paris, Rouquette*, 1870, in-8, br. — Catalogue des ouvrages, écrits et dessins de toute nature poursuivis, supprimés ou condamnés depuis le 21 octobre 1814 jusqu'au 31 juillet 1877, accompagnée de notes, etc., par F. Drujon. *Paris, Rouveyre*, 1879, in-8 en 5 fascicules.

230. BIBLIOGRAPHIE des ouvrages relatifs à l'amour aux femmes, au mariage et des livres facétieux pantagruéliques, scatologiques, satyriques, etc. par le C. d'I***. 3e édition refondue et augmentée. *Turin, J. Gay*, 1873, 6 vol. in-12, demi-rel. dos et coins de mar. rouge, têtes dor.

231. BIBLIOPHILE FRANÇAIS (Le). Gazette illustrée des amateurs de livres, d'estampes et de haute curiosité. *Paris, Bachelin-Deflorenne*, 1878-1873, 7 vol. in-8, papier vergé de Hollande, fig., dans le texte et pl. gr. hors texte, brochés.

232. BIBLIOPHILIE ; reliure, 6 vol.

Le Livre du bibliophile. *Paris, Alph. Lemerre*, 1874, in-16, br. Exemplaire imprimé sur papier de chine. — Mémoires d'un bibliophile par M. Tenant de Latour. *Paris, Dentu*, 1861, in-12, br. — Les Amateurs de vieux livres, par P. Lacroix. *Paris, Rouveyre*, 1880, in-8, br. — La Bibliothèque de J. Janin, par P. Lacroix. *Paris, Jouaust*, 1877, in-16, br. — G. Brunet. Etudes sur la reliure des livres. *Bordeaux*, 1873, in-8, br. — Le luxe des livres, par L. Derome. *Paris, Rouveyre*, 1879, in-13, br.

233. BIBLIOTHÈQUE ARTISTIQUE (Petite). *Paris, Librairie des Bibliophiles*, 1877-1881, 33 vol. in-16, fig. gr. à l'eau-forte, brochés, couvertures.

Chevigné. Les Contes rémois. — Le Sage. Le Diable boiteux, 2 vol. — X. de Maistre. Voyage autour de ma chambre. — Les mille et une Nuits, 10 vol. — G. Nadaud. Chansons de salon, légères et populaires, 3 vol. — Contes en vers de Ch. Perrault, 2 vol. — Les cinq livres de Rabelais, 5 vol. — J.-Jacq. Rousseau. Les Confessions, 3 vol — Sterne. Voyage sentimental, 1 vol. — Romans de Voltaire, 5 vol.

234. BIBLIOTHÈQUE D'UN CURIEUX. *Paris, Alph. Lemerre*, 1868-1882, 24 vol. in-12, papier de Hollande, brochés.

Ferry Julyot. Les Elégies de la belle fille. — Les Contes et facétics d'Arlotto. — Dialogues de Tahureau. — Le Cymbalum mundi. — Olivier de Magny. Gayetez, soupirs et odes, 4 vol. — Quatrains de Pibrac. — Vaux de vire de Jean le Houx. — Poésies de Jean Passerat, 2 vol. — Jean de Léry. Histoire du Brésil. 2 vol. — Satires d'Angot L'Eperonnière. — Contes de d'Ouville. — Histoire de la Nouvelle Espagne, 2 vol. — Les Sérées de G. Bouchet, tomes I, II, III, IV et VI. — Satyre Menippée, tome 1er.

235. BIBLIOTHÈQUE DE POCHE, par une société de gens de gens de lettres et d'érudits. *Paris, Paulin et Le Chevalier*, 1845-1855, 10 vol. — Bibliothèque des curiosités. *Paris, Adolphe Delahays*, 1858, 11 vol. — Ensemble 21 vol. pet. in-12, demi-rel. veau fauve, tr. mar. (*Rel. unif.*)

Curiosités littéraires, bibliographiques, biographiques, anecdotiques, historiques, philologiques, de l'histoire de France, du vieux Paris, des traditions, de l'histoire des croyances populaires, des inventions et découvertes, de l'histoire des arts, de l'archéologie et des beaux-arts, judiciaires, militaires, theâtrales, etc.

236. BIBLIOTHÈQUE DE LUXE (Petite). *Paris, A. Quantin*, 1878, 5 vol. pet. in-8, texte encadré d'un filet rouge, fig., brochés.

J. Cazotte. Le Diable amoureux, eaux-fortes de *Buhot*. — Benj. Constant. Adolphe, eaux-fortes de *Fr. Régamey*. — Mme de Krüdener. Valérie, eaux-fortes de *Leloir*. — Mme de La Fayette. La Princesse de Clèves, eaux-fortes de *F. Masson*. — B. de Saint-Pierre, Paul et Virginie, eaux-fortes de *Fr. Régamey*.

Exemplaires imprimés sur PAPIER DU JAPON, avec les figures AVANT la lettre en double tirage, dont un sur chine.

237. BIBLIOTHÈQUE ELZÉVIRIENNE. *Paris, P. Daffis*, 1856 et années suivantes, 145 vol. in-16, cart. perc. rouge, non rog.

Le Livre de l'Internelle consolacion, 1 vol. — La Bruyère. Les Caractères, 2 vol. — La Rochefoucauld. Réflexions et maximes morales, 1 vol. — Le Livre du chevalier de La Tour Landry, 1 vol. — Les Tragiques, par d'Aubigné, 1 vol. — Œuvres de Rémy Belleau, 3 vol. — Œuvres de Chapelle et de Bachaumont, 1 vol. — Œuvres de Roger de Collerye, 1 vol. — Œuvres de Coquillart, 2 vol. — Li Romans de Dolopathos, 1 vol. — Floire et Blanche flor., 1 vol. — Chansons de Gaultier Garguille, 1 vol. — Gauchet. Le Plaisir des champs, 1 vol. — Gérard de Rossillon, 1 vol. — Œuvres de Gringore, 2 vol. — Le Panthéon et temple des oracles, 1 vol. — La Fontaine. Œuvres, 1 vol. — Lescurel. Chansons, 1 vol. — Marolles. Le Livre des peintres, 1 vol. — Œuvres de Mélin de Sainct-Gelays, 3 vol. — Œuvres de Racan, 2 vol. — Recueil de poésies, 12 vol. — Œuvres de Mathurin Regnier, 1 vol. — Œuvres de P. de Ronsard, 8 vol. — Œuvres de Rutebeuf, 3 vol. — Œuvres de Saint-Amand, 2 vol. — Sénecé. Œuvres choisies et œuvres posthumes, 2 vol. — Œuvres de Théophile, 2 vol. — Œuvres de Villon, 1 vol. — Œuvres de P. Corneille, 2 vol. — Histoire de P. Corneille, 1 vol. — Ancien Théâtre Francois, 10 vol. — Aventures du baron de Fæneste, 1 vol. — Caquet de l'accouchée, 1 vol. — Les Cent Nouvelles nouvelles, 2 vol. — Œuvres francoises de Bonaventure Des Periers, 2 vol. — Evangiles des Quenouilles, 1 vol. — Furetière. Le Roman bourgeois, 1 vol. — Hitopadesa, ou l'instruction utile, 1 vol. — Mélusine par Jehan d'Arras, 1 vol. — Le Roman de Jehan de Paris, 1 vol. — Hieronymi Morlini Parthenopei, 1 vol. — Le Grand Paragon des Nouvelles nouvelles, 1 vol. — Œuvres facétieuses de Noël du Faïl, 2 vol. — Nouvelle fabrique des excellens traits de vérité, 1 vol. — Nouvelles francoises en prose du XIIIe et XIVe siècles, 2 vol. — Les Quinze Joyes de mariage, 1 vol. — Œuvres de Rabelais, 2 vol. — Scarron. Le Roman comique, 2 vol. — Les Facétieuses nuits de Straparole, 2 vol. — Œuvres de Tabarin, 2 vol. — Les Aventures de Don Juan de Vargas, in-12. — Le Violier des histoires romaines, 1 vol. — Six mois de la vie d'un jeune homme, 1 vol. — Mémoires du marquis d'Argenson, 5 vol. — Œuvres de Brantôme, 5 vol. — Histoire amoureuse des Gaules, 4 vol. — Mémoires de Henri de Campion, 1 vol. — Chartier. Chronique de Charles VII, 3 vol. — Mémoires de la marquise de Courcelles, 1 vol. — Mémoires de Madame de La Guette, 1 vol. — Mémoires de Marguerite de Valois, 1 vol. — Les Courriers de la Fronde, 2 vol. — Somaize. Le Dictionnaire des précieuses, 2 vol. — Mémoires de Tavannes, 1 vol. — Relation de 3 ambassades du comte de Carlisle, 1 vol. — Oliva. Hre du Pérou, 1 vol. — Variétés historiques et littéraires, 10 vol.

238. BIBLIOTHÈQUE GAULOISE. *Paris, Ad. Delahays,* 1857 et années suivantes, 22 vol. in-12, cart. perc, verte, non rog.

Chronique de la Pucelle. — Brantôme. Vie des dames galantes. — Bussy-Rabutin. Histoire amoureuse des Gaules 2 vol. br. (Exemplaire double). — Vaux de Vire d'Olivier Basselin et de Jean le Houx. — Ph. Desportes. Œuvres poétiques. — Œuvres de Régnier. — Paris ridicule et burlesque au XVIIe siècle. — La Fontaine. Contes et nouvelles. — Des Périers. Le Cymbalum mundi, etc. — Ch. Sorel. La Vraie histoire de Francion. — Cyrano de Bergerac. Œuvres comiques. — Recueil de farces du XVe siècle. — Le livre des proverbes français. 2 vol. — Œuvres de Tabarin. — Dassoucy. Aventures burlesques. — Scarron. Virgile travesty. — Cyrano de Bergerac. Histoire comique de la lune et du soleil. — Histoire macaronique de Merlin Coccaie. — Marguerite de Navarre. L'Heptaméron. — Les Cent nouvelles nouvelles.

239. BIBLIOTHÈQUE ILLUSTRÉE. *Paris, Alph. Lemerre,* 1874-1878, 5 vol. pet. in-8, brochés, texte encadré de filets rouges.

Le Livre des Sonnets, dix dizains de sonnets choisis. — Le Livre des Ballades, soixantes ballades choisies. — Histoire de Manon Lescaut par l'abbé Prévost, avec une notice par M. Anatole France ; et 9 eaux fortes d'après *Gravelot* et *Pasquier* gravées par *L. Monziès.* — Voyage autour de ma chambre par Xavier de Maistre : et 5 eaux fortes dessinées et gravées par *Dupont.* — Les Pastorales de Longus ou Daphnis et Chloé, traduction de J. Amyot, revue par P. L. Courier.
Exemplaires imprimés sur PAPIER WHATMAN.

240. BIBLIOTHÈQUE LITTÉRAIRE (petite). Auteurs anciens. *Paris, Alph. Lemerre,* 1875-1880, 35 vol. in-16, brochés.

Arioste. Roland furieux. 2 vol. tomes II et III. — Boileau. Œuvres 2 vol. — Chenier (André). Œuvres poétiques. — Courier (P. L.). Œuvres. — Grammont. Mémoires. — Le Sage. Le Diable boiteux. 2 vol. et la suite des 9 figures gravées par *L. Monziès,* d'après *H. Pille.* — Le Sage. Théâtre. — Reine de Navarre. L'Heptaméron des nouvelles. 3 vol. — Racine (Jean). Œuvres. 5 vol. — Saint-Pierre (B. de). Paul et Virginie, avec un portrait et 6 figures d'*Hedouin.* — Shakespeare (W.) Œuvres 8 vol. tomes I, II, III, IV, V, VII, XIV et XV.

241. BIBLIOTHÈQUE LITTÉRAIRE (Petite). Auteurs contemporains. *Paris, Alph. Lemerre,* 1873-1880, 34 vol. in-16, brochés.

Anthologie des prosateurs français. — Anthologie des poètes français. — Th. de Banville. Les Cariatides ; Les Exilés ; Les Princesses ; 2 vol. — J. Barbey d'Aurevilly. L'Ensorcelé ; le Chevalier des Touches ; une Vieille maîtresse. 4 vol. — Œuvres de Louis Bouilhet, 1 vol. (papier de Hollande) — Aug. Brizeux. Histoires poétiques ; Les Bretons ; Marie, 4 vol. — Chateaubriand. Atala ; René ; 1 vol. — Claretie. Molière, sa vie et ses œuvres, 1 vol. — Daudet. Lettres de mon moulin. — G. Flaubert. Salammbo ; Madame Bovary, [illegible] vol. — Glatigny. Poésies, 1 vol. — De Goncourt. Sœur Philomène ; René Mauperin ; Germinie Lacerteux, [illegible] vol. — Léon Gozlan. Les Emotions de Polydore Marasquin ; Aristide Froissart, 2 vol. — Xavier de Maistre. Voyage autour de ma chambre ; Œuvres inédites, 3 vol. — Sainte-Beuve : Tableau de la poésie française au XVIe siècle, 2 vol. Poésies complètes, 2 vol. — Poésies de André Theuriet, 1 vol.
On y a joint les eaux-fortes de *Buhot* pour le Chevalier des Touches.

242. BIOGRAPHIE. 6 vol. br. et rel.

Les Vies des hommes illustres, par Plutarque, traduites en français par Ricard. *Paris, Firmin Didot,* 1849, 2 vol. gr. in-8, à 2 col., br. — Vies des plus célèbres marins, par Richer : Jean-Bart ; Tourville. *Paris,* 1788, 2 vol. in-12, v. — Notice sur la vie et les ouvrages de P. de Corneille Blessebois, par M. Edouard Cléder. *Paris, Aubry*, 1862, pet. in-8, demi-rel., mar. vert. — Alex. Piédagnel. Jules Janin, 1804-1874. *Paris, Libr. des Bibliophiles*, 1874, in-16, br.

243. BLANC (Charles). Grammaire des Arts du dessin, par M. Charles Blanc. *Paris, Vve Jules Renouard*, 1870, gr. in-8, fig., broch.

244. BLANC (Charles). Histoire des Peintres de toutes les écoles, par M. Charles Blanc. *Paris, Vve Jules Renouard*, 1862-1876, 14 vol. in-4, nomb. illust., demi-rel. dos et coins de mar. bleu, dos ornés, têtes dor., non rognés.

Ecole Française, 3 vol. — Ecole Hollandaise, 2 vol. — Ecole Flamande. — Ecole Vénitienne. — Ecole Anglaise. — Ecole Espagnole. — Ecole Ombrienne et Romaine. — Ecole Bolonaise. — Ecole Allemande. — Ecoles Milanaise, Lombarde, Ferraraise, Genoise et Napolitaine. — Ecole Florentine.

Bel exemplaire, bien relié.

245. BLANC (Charles). — L'Œuvre de Rembrandt, décrit et commenté par M. Charles Blanc. *Paris, A. Lévy*, 1873, 2 vol. gr. in-4, papier vergé de Hollande, pl. gr., brochés.

Catalogue raisonné de toutes les estampes du maître et de ses peintures, orné de bois gravés, de 42 eaux-fortes de *Flameng* et de 35 héliogravures d'*Amand Durand*.

246. BLANC (Louis). Révolution française. Histoire de Dix Ans, 1830-1840. *Paris, Pagnerre*, 1846, 5 vol. in-8, fig., demi-rel. chag. violet.

247. BOCHER (Emmanuel). — Les Gravures françaises du XVIIIe siècle ou catalogue raisonné des estampes, eaux-fortes, pièces en couleur, au bistre et au lavis, de 1700 à 1800. *Paris, Rapilly*, 1875; *D. Morgand*, 1879, 5 fascicules in-4, portraits, brochés.

Nicolas Lavreince. — Pierre-Antoine Beaudoin. — J.-Bap. Siméon Chardin. — Nicolas Lancret. — Augustin de Saint-Aubin.

248. BOREL. (Petrus). Champavert, contes immoraux; eaux-fortes par M. Adrien Aubry. *Bruxelles, J. Blanche*, 1872, in-8, fig., broché.

Exemplaire imprimé sur PAPIER DE HOLLANDE.

249. BRETAGNE ET VENDÉE. (Histoire de la Révolution française dans l'Ouest), par Pitre-Chevalier, illustrée par A. Leleux, O. Penguilly, T. Johannot. *Paris, W. Coquebert, s. d.*, 1845, in-8, fig., demi-rel., chagr. violet, plats toile, tr. dor.

PREMIER TIRAGE. Taches d'humidité.

250. BRUNET. Manuel du Libraire et de l'amateur de livres, par Jacq. Ch. Brunet, cinquième édition, refondue et augmentée

par l'auteur. *Paris, Firmin Didot*, 1860-1865, 6 vol. in-8 à 2 col., demi-rel., dos et coins, mar. brun, tr. peign.

251. CABINET DU BIBLIOPHILE. *Paris, Librairie des Bibliophiles*, 1868-1879, 25 vol. in-12, papier de Hollande, brochés.

Le premier texte de La Bruyère. — Amusements sérieux et comiques. — Le premier texte de La Rochefoucauld. — Lettres turques. — Satires de Dulorens. — Maxime de madame de Sablé. — J. Tahureau. Poésies. — Elégies de Jean Doublet. — La Puce de Mme Desroches. — Le Traicté de Getta. — La Chronique de Pantagruel. — Voltaire. Lettres et poésies inédites. — Les Marguerites de la Marguerite. — A. d'Aubigné. L'Enfer, le Printemps. — Le Disciple de Pantagruel. — Œuvres de Louise Labé. — Les Satyres de Courval-Sonnet. — Le Premier texte de la Satyre ménippée. — La Légende de Pierre Faifeu.

252. CABINET SATYRIQUE (Le), ou recueil parfaict des vers piquants et gaillards de ce temps, tiré des secrets cabinets des sieurs de Sygognes, Regnier, Mottin, Berthelot, Maynard et autres. Nouvelle édition, complète, revue sur les éditions de 1618 et de 1620 (et sur celle dite du Mont-Parnasse, sans date.) *S. L. Bruxelles, Imp. Briard*), 1864, 2 vol. — Le Parnasse satyriqoe du sieur Théophile, suivi du nouveau Parnasse satyrique, édition reuue sur toutes les éditions du XVIIe siècle, corrigée et annotée. *S. L.*, l'an 1864, 2 vol. — Le Parnasse satyrique du dix-neuvième. Recueil de vers piquans et gaillards. *Rome, S. L.*, 2 vol. — Le Nouveau Parnasse satyrique du dix-neuvième siècle. *S. L.*, 1868, 1 vol. — Ensemble, 7 vol. in-16, papier de Hollande, frontispices, brochés.

253. CAHIER (Ch.) et MARTIN (Arthur). Nouveaux mélanges d'archéologie, d'histoire et de littéraire sur le Moyen-Age. *Paris, Firmin Didot, Fr.*, 1874, in-4, fig., broché.

Ivoires, miniatures, émaux, 8 planches hors texte et nombreuses figures dans le texte.

254. CATALOGUE d'une nombreuse collection d'estampes et de dessins de grands maîtres, après le décès de Madame Alibert et cessation de commerce de J.-Guill. Alibert, marchand d'estampes, par F.-L. Régnault. *Paris*, 1803, in-8, veau fauve, tr. dor.

Ce volume renferme un catalogue raisonné des portraits gravés par Van Dyck ou d'après lui.

255. CATALOGUES ILLUSTRÉS de collections particulières, tableaux, dessins et objets d'art. *Paris*, 1872-1880, 7 vol. gr. in-8, fig., brochés.

Galerie de MM. Péreire. — Collection de Lissingen de Vienne. — Collection S. Van Walchren van Wadenoyen. — Galerie Schneider. — Collection Jacobson. — Collection du duc de Berwick. — Collection Mahérault.

256. CAUMONT (De). Abécédaire ou rudiment d'archéologie. Architecture civile et militaire. *Caen, F. Le Blanc-Hardel*, 1869, in-8, fig., demi-rel. chag. La Vall., tête dor., ébarbé.

257. CENT NOUVELLES. Les Dix dizaines des cent nouvelles, réimprimées par les soins de Jouaust, avec notice, notes et glossaire, par M. Paul Lacroix, dessins gravés de Jules Garnier. *Paris, Librairie des Bibliophiles*, 1874, 4 vol. in-16, mar. bleu, dos ornés, fil., dent. int., tr. dor. (*Hardy*.)

On a ajouté à cet exemplaire, la suite des mêmes dessins gravés par *Lalauze*.

258. CÉRAMIQUE JAPONAISE (La), par G. A. Audsley et James L. Bowes de Liverpool. Edition française publiée sous la direction de M. A. Racinet, traduction de M. P. Louisy. *Paris, Firmin Didot*,, 1877, in-fol., divisé en 2 parties, avec 50 planches en lithochromies, en feuilles.

259. CERVANTES. L'Ingénieux Hidalgo Don Quichotte de la Manche, par Miguel de Cervantès Saavedra, traduit et annoté par L. Viardot, vignettes de Tony Johannot. *Paris, J.-J. Dubochet et Cie*, 1836-37, 2 vol. in-8, fig., demi-rel., chag. vert., tr. jasp.

PREMIER TIRAGE.

260. CERVANTÈS. L'Ingénieux Hidalgo Don Quichotte de la Manche, par Miguel de Cervantès Saavedra, traduction de Louis Viardot, avec les dessins de Gustave Doré, gravés par H. Pisan. *Paris, L. Hachette*, 1863, 2 vol. gr. in-4, fig., demi-rel. dos et coins de mar. vert., têtes dorées, ébarbés.

Frontispices et 57 planches hors texte, tirées sur un fond teinté imitant le papier de Chine.
Premier tirage.

261. CHAMPFLEURY. Le Violon de faïence, dessins en couleur par M. Emile Renard, eaux-fortes par J. Adeline. *Paris, E. Dentu*, 1877, in-8, fig., broché, couverture.

Edition originale.

262. CHANSON DE ROLAND, traduction nouvelle rhythmée et assonancée avec une introduction et des notes, par L. Petit de Julleville. *Paris, Alph. Lemerre*, 1876, in-8, broché.

Un des 30 exemplaires imprimés sur GRAND PAPIER WHATMAN.

263. CHANSONNIERS des XVIIIe et XIXe siècles. Réunion de 16 vol. de différents formats, brochés et reliés.

Choix de chansons, (par Moncrif), 1755. — Recueil de romances historiques tendres et burlesques. par M. D. L. (de Lusse), 1767. — La Galanterie française, hommages de famille, d'amitié et de société, 1787. — Almanach des grâces, dédié à Madame, comtesse d'Artois, 1787. — Les Roses du vaudeville ou le chansonnier du jour, 1805, 1re année. — Le Chansonnier des dames ou les étrennes de l'amour, 1802-1805, 2 et 5e années. — Chansonnier français ou étrennes des dames, 1815, 12e année. — Chansons nouvelles de P. J. de Béranger, 1825. — Béranger et son temps, par Jules Janin, 1866, 2 vol. — Nouvelle anthologie ou choix de chansons anciennes et modernes publiées par L. Castel, 1826. — Chansons nouvelles et inédites publiées par Em. Debraux, 1827. — Gymnase lyrique, recueil de chansons, 1839, 15e année. — Chansonnier complet et universel, annoté, revu et mis en ordre par Halbert d'Angers, 1846. — Les Refrains de la rue de 1830 à 1870, recueillis et annotés par H. Gourdon de Genouillac.

264. CHEFS-D'ŒUVRE. (Les petits). *Paris, Libr. des Bibliophiles (Impr. Jouaust)*, 1872-1879, 23 vol. in-12, brochés.

X. de Maistre. Voyage autour de ma chambre. — Le Sage. Turcaret. — Gresset. Ver — vert. — La Boétie. La Servitude volontaire. — Contes d'Hamilton. — Voyage de Chapelle et de Bachaumont. — Gentil Bernard. L'Art d'aimer. — Montesquieu. Le Temple de Gnide. — Diderot. Le Neveu de Rameau. — Regnard. Voyage de Laponie. — B. de Saint-Pierre. La Chaumière indienne. — Lettres portugaises. — La Farce de maître Pathelin. — La Gastronomie. — La Métromanie. — Cazotte. Le Diable amoureux. — Lettres de Mlle Aïssé. — B. Constant. Adolphe. — Gresset. Le Méchant.

265. CHEFS-D'ŒUVRE (Petits), antiques. *Paris, A. Quantin*, 1879, 2 vol. in-32, brochés.

Ovide. Les Amours. — Musée. Héro et Léandre.

266. CHÉNIER (A.) Œuvres poétiques, avec une notice et des notes par M. Gabriel de Chénier. *Paris, Alph. Lemerre*, 1874, 3 vol. in-16, portrait, demi-rel. dos et coins de mar. bleu, dos ornés, fil., têtes dor.

267. CHÉNIER (A.) Œuvres poétiques. *Paris, Alph. Lemerre*, 1874, 3 vol. in-16, portrait, brochés.

Exemplaire imprimé sur PAPIER DE CHINE.

268. CHEVIGNÉ (Comte de). Les Contes rémois, douzième édition précédée de la *Muse champenoise*, par Louis Lacour. Dessins de Jules Worms, gravés à l'eau-forte, par Paul Rajon. *Paris, Lib. des Bibliophiles*, 1877, in-8, broché.

Un des 170 exemplaires imprimés sur GRAND PAPIER DE HOLLANDE, avec les eaux-fortes AVANT et avec la lettre.

269. CHOLIÈRES. Œuvres du seigneur de Cholières. Edition préparée par Ed. Tricotel, notes, index et glossaire par D. Jouaust. Préface par Paul Lacroix. *Paris, Librairie des Bibliophiles*, 1879, 2 vol. in-8, brochés.

Exemplaire imprimé sur GRAND PAPIER DE HOLLANDE.

269bis CLASSIQUES FRANÇAIS, avec introduction et notes d'Édouard Fournier, Jules Janin, Ed. Thierry; chaque volume orné de 20 portraits en pied coloriés, dessinés par MM. Geoffroy, H. Allouard, Maurice Sand, Em. Bayard, Bertall, etc., *Paris,*

Laplace Sanchez et Cie, 1868-1881, 10 vol. gr. in-8 à 2 col. portr., dont 7 vol. en demi-rel. mar. La Vall., têtes dor. les 3 autres brochés.

Le Théâtre français avant la Renaissance. 1450-1550. — Le Théâtre français aux XVI et XVIIe siècles. 1550-1650. — Chefs-d'œuvre dramatiques du XVIIIe siècle. — Œuvres complètes de Molière. — Œuvres complètes de P. et Th. Corneille. — Œuvres complètes de J. Racine. — Œuvres complètes de Regnard. — Théâtre complet de Marivaux. — Théâtre de L. B. Picard.

270. CLASSIQUES publiés par Mame, avec notices par Poujoulat, eaux-fortes de Foulquier. *Tours, Alfr. Mame et fils*, 1869-1880, 13 vol. gr. in-8, brochés.

Œuvres poétiques de Boileau. — Discours sur l'Histoire universelle, par Bossuet. — Les Oraisons funèbres de Bossuet. — Théâtre choisi de Corneille. — Aventures de Télémaque, par Fénelon. — Fables de La Fontaine, avec le tirage à part du portrait et des 50 vignettes de Foulquier *avant* la lettre sur chine volant. — Théâtre de Molière, tome 1er. — Pensées de Pascal. — Théâtre de Racine, 2 vol. avec le tirage à part du portrait et des 46 vignettes de Foulquier *avant* la lettre sur chine volant. — La Chanson de Roland. 2 vol. — Lettres choisies de Mme de Sévigné.
Tous ces ouvrages sont imprimés sur PAPIER DE HOLLANDE, numérotés.

271. COHEN (Henry). Guide de l'amateur de livres à figures et à vignettes du XVIIIe siècle. Troisième édition augmentée par Ch. Mehl. *Paris. P. Rouquette*, 1876, in-8 à 2 col., papier de Hollande, broché.

272. COLLECTION BIJOU, compositions d'Émile Lévy gravées à l'eau-forte par Flameng, dessins de Giacomelli gravés sur bois par Rouget et Sargent. *Paris, Librairie des Bibliophiles*, 1872-1880, 4 vol. in-16, brochés.

Longus. Traduction d'Amyot. — B. de Saint-Pierre. Paul et Virginie. — De Chateaubriand. Atala, suivi de René. — La Fontaine. Psyché.

273. COLLECTION DES CLASSIQUES DE LEMERRE, publiés d'après les manuscrits originaux, accompagnés de notices etc., par MM. Eug. Réaume, de Caussade, Ch. Asselineau, L. Petit de Julleville, Alph. Pauly, Ch. Royer, Aug. Molinier, Marty-Lavaux, Courbet. *Paris, Alph. Lemerre*, 1872-1881, 23 vol. in-8, brochés et 2 albums de figures dans des carton.

Œuvres complètes de Agrippa d'Aubigné, 4 vol. — Les Caractères de La Bruyère, 2 vol. — La Chanson de Roland, 1 vol. — La Fontaine. Fables, 2 vol., avec la suite de 72 eaux-fortes d'après *Oudry*, gravées par MM. *Courtry, Greux, Lemaire, Lerat, Martinez, Mongin, Monziès, Rousselle*, en carton. — La Fontaine. Contes, tome 2e, avec les eaux-fortes d'après *Fragonard, Lancret, Pater, Le Mesle, Vleugels, Eisen, Boucher*. — La Fontaine. Théâtre, tome 1er. — Les Œuvres de P. Molière, tomes 1 et 2e. — Les Essais de Montaigne, 4 vol. — Les Pensées de Blaise Pascal, tome 1er. — Les Œuvres de Rabelais, avec les eaux-fortes de *Bracquemond*, 4 vol. — Œuvres de Mathurin Régnier, 1 vol.

274. COLLECTION ELZÉVIRIENNE (Petite). *Paris, Isidore Liseux*, 1875-1877, 13 vol. in-16 brochés.

Julius. Dialogue entre Saint Pierre et le Pape Jules II. — La Conférence entre Luther et le diable au sujet de la messe. — Du Bellay. Jeux rustiques. — Le Passavant de Théodore de Bèze. — La Foire de Francfort, par H. Estienne. — Héxaméron rustique. — Passavent parisien. — Soliloques sceptiques de La Mothe Le Vayer. — Advis pour dresser une bibliothèque, par Gabr. Naudé. — Les Epistres amoureuses d'Aristenet. — Un Vieillard doit-il se marier. — Les Intrigues de Molière et celles de sa femme. — La Vie de M. de Molière, par de Grimarest.

275. COLLECTION JANNET (Nouvelle). *Paris, E. Picard et Alph. Lemerre*, 1870-1875, 4 vol. in-12, cart. percal. bleue.

L'homme à bonnes fortunes, par Mich. Baron. — La Célestine, traduite de l'espagnol par A. Germond de Lavigne. — Restif. Les Contemporaines mêlées, les Contemporaines du commun.

276. COMMINES. Mémoires de Philippe de Commynes, nouvelle édition revue sur un manuscrit ayant à appartenu à Diane de Poitiers et à la famille de Montmorency-Luxembourg, par R. Chantelauze. *Paris, Firmin-Didot et Cie*, 1881, gr. in-8, fig., broché.

Edition illustrée. d'après les monuments originaux, de 4 chromolithographies et de nombreuses gravures sur bois.

277. CONTES ET NOUVELLES en vers par Voltaire, Vergier, Sénecé, Perrault, Moncrif, le P. Ducerceau, Grécourt, Saint-Lambert, Champfort, Piron, Dorat. La Monnoye et Francois de Neufchateau. *Paris, Leclère fils*, 1862, 2 vol. in-16, vignettes gravées, mar. rouge dos ornés fers à l'oiseau, fil., dent. int.. têtes dor., ébarbés.

Exemplaire imprimé sur GRAND PAPIER VERGÉ.

278 CORNEILLE (P.). Œuvres. Nouvelle édition revue et augmentée de morceaux inédits, des variantes, notices, notes, lexique etc., par M. Ch. Marty-Laveaux. *Paris, L. Hachette*, 1868-1868, 12 vol. in-8 et 4 albums gr. in-8, demi-rel. dos et coins de mar. vert, dos ornés, têtes dor., ébarbés.

De la *Collection des grands écrivains dela France*.

279. COSTUMES DU XVIIIe SIÈCLE, ajustements et coiffures d'après les dessins de Watteau fils, Leclerc, Desrais, Cochin, etc., tirés de la collection de M. Victorien Sardou. — Costumes du XVIIIe siècle d'après les dessins de Watteau fils, Desrais, Leclerc, Cochin, etc., tirés des collections particulières. 2e série. Costumes en pied. *Paris, H. Cagnon*, 1875, 2 vol. pet. in-fol. en feuilles.

2 séries de chacune 20 eaux fortes de *A. Guillaumot fils*, d'après les dessins de M. *Draner*. Epreuves sur Chine.

280. COSTUMES DU XVIIIe SIÈCLE, tirés des Prés Saint-Gervais de MM. V. Sardou, Ph. Gille et Ch. Lecoq. *Paris, P. Rouquette*, 1874, 2 vol. pet. in-fol. en feuilles.

20 eaux-fortes de *A. Guillamot fils*, d'après les dessins de *M. Draner*, en

deux états : Épreuves en noir sur papier de Chine et épreuves finement coloriées.
Ces deux suites ont été tirées seulement à 25 exemplaires dans ces états.

281. COSTUMES DU DIRECTOIRE, tirés des Merveilleuses, de M. Sardou. *Paris, Impr. de J. Claye*, 1874, pet. in-fol., en feuilles.

30 eaux-fortes de *A. Guillaumot fils*, d'après les dessins de MM. *Eug. Lacoste* et *Draner*, d'après les estampes du temps.
Un des 25 exemplaires contenant les figures finement coloriées ; en tête un portrait de M. Victorien Sardou.

282. COUSIN (Victor). Études sur les femmes illustres et la société au XVIIe siècle. Mesdames de Chevreuse, de Sablé, de Longueville, de Hautefort, Jacqueline Pascal. *Paris, Didier*, 1855-1859, 5 vol. in-8, demi-rel. chag. rouge, tr. jaspée. (*Rel. unif.*)

283. DANTE. L'Enfer de Dante Alighieri, d'après les dessins de Gustave Doré. Traduction française de Pier Angelo Fiorentino, accompagnée du texte italien. *Paris, L. Hachette*, 1868, gr. in-4, fig., demi-rel., dos et coins de mar. rouge, tête dor. non rogn.

Portrait de Dante et 75 gravures hors texte, tirées sur un fond teinté imitant le papier de Chine.

284. DAREMBERG et SAGLIO. Dictionnaire des antiquités grecques et romaines, ouvrage rédigé sous la direction de MM. Ch. Daremberg et Edm. Saglio. *Paris, Hachette*, 1873-1890, 14 fascicules in-4 à 2 col., fig.

Fascicules I à XIV.

285. DARESTE (C.). Histoire de France depuis les origines jusqu'à nos jours. *Paris, H. Plon*, 1873, 8 vol. in-8, brochés.

286. DAUDET (Alph.). Fromont jeune et Risler aîné. Mœurs parisiennes. *Paris, G. Charpentier*, 1876, in-12, broché, couverture.

Édition originale.
Exemplaire imprimé sur papier de Hollande.

287. DAUDET (Alph.) Fromont jeune et Risler aîné. — Le Nabab, mœurs parisiennes. *Paris, Charpentier*, 1874-1878, 2 vol. — Mon Frère et moi, souvenirs d'enfance et de jeunesse, par Ernest Daudet. *Paris, E. Plon*, 1882, 1 vol. — Ensemble, 3 vol. in-12, brochés, (*couvertures*).

Éditions originales.

288. DAUDET (Alph.). Les Rois en exil, roman parisien. *Paris, E. Dentu*, 1879, in-12, broché, couverture.

Edition originale.
Exemplaire imprimé sur papier de Hollande.

289. DAUDET (Alph.). Tartarin de Tarascon. — Sapho. — Trente ans de Paris. *Paris, C. Marpon et E. Flammarion*, 1887-1888, 3 vol. in-12, fig., brochés.

290. DE FOE (Daniel). Vie et Aventures de Robinson Crusoé, traduction de Petrus Borel. Avec huit eaux-fortes par Mouilleron, portrait gravé par Flameng. *Paris, Libr. des Bibliophiles*, 1878, 4 vol. in-8, brochés.

Un des 170 exemplaires imprimés sur GRAND PAPIER DE HOLLANDE, avec les figures AVANT et avec la lettre.

291. DELAVIGNE (Casimir). Œuvres complètes. *Paris, Didier*, 1848, 6 vol. in-8, fig., demi-rel. chag. noir.

Théâtre, 4 vol. — Messéniennes et chants populaires, 1 vol. — Derniers chants, 1 vol.
Edition ornée des figures de *Tony Johannot*.

292. DELILLE (F.). Œuvres. Nouvelle édition. *Paris, Michaud* (*Impr. de Jules Didot*), 1824, 16 vol. in-8, portrait et fig., demi-rel., dos et coins ds chag. violet, non rogn.

Première édition qu'on ait donnée des œuvres complètes de ce poëte, ornée de gravures d'après *Desenne, Déveria, Gérard, Girodet, Moreau, Westall*, etc.
Exemplaire imprimé sur GRAND PAPIER JÉSUS VÉLIN, épreuves sur *chine*, *avant la lettre*.

293. DELVAU (Alfred). Les Cythères parisiennes, histoire anecdotique des bals de Paris, avec 24 eaux-fortes et 1 frontispice de Fél. Rops et Em. Thérond. *Paris, E. Dentu*, 1864, in-12, fig., broché, (*couvert. illustr.*)

294. DELVAU (Alfred). Les Heures parisiennes, 25 eaux-fortes d'Emile Benassit. *Paris, Librairie centrale* (*Julien Lemer*), 1866, in-12, fig., mar. vert, dos orné, fil., dent. int., tête dor., ébarbé.

Exemplaire de premier tirage, la planche de minuit est sans suppression.
On a ajouté en tête de cet exemplaire l'appendice aux Heures parisiennes : Histoire du livre d'Alfred Delvau intitulé : Heures parisiennes, suivie de la réimpression des sept cartons de textes supprimés. *Paris, Librairie centrale*, 1872.

295. DELVAU (Alfred). Histoire anecdotique des barrières de Paris, par Alfred Delvau, avec 10 eaux-fortes, par Emile Thérond. *Paris, E. Dentu*, 1865, in-12, fig. broché, (*couverture*).

296. DELVAU (Alfred). Histoire anecdotique des cafés et cabarets de Paris, avec dessins et eaux-fortes de G. Courbet, L. Flameng et F. Rops. *Paris, E. Dentu*,, 1862, in-12, front. et vign., broché, couverture. — Les Lions du jour. *Paris, E. Dentu*, 1867, in-12, cart. non rogn. — Ensemble, 2 vol.

EDITIONS ORIGINALES.

297\. DEMAY (G.). Le Costume au Moyen-Age, d'après les sceaux. 1880, gr. in-8, broché.

Ouvrage contenant 600 gravures et 2 chromolithographies.

298\. DENON (Vivant). L'œuvre originale de Vivant Denon, ancien directeur général des Musées. Collection de 317 eaux-fortes, dessinées et gravées par ce célèbre artiste, réunion formant l'album le plus complet et le plus varié pour l'étude de la gravure à l'eau-forte, avec une notice très détaillée sur sa vie intime, ses relations et son œuvre, par M. Albert de la Fizelière. *Paris, A. Barraud*, 1873, 2 vol. in-4, pl. gr., demi-rel., dos et coins de mar. bleu, dos ornés, têtes dorés, ébarbés.

299\. DES PERIERS (Bonaventure). Nouvelles récréations et joyeux devis, suivis du *Cymbalum mundi*, réimprimés par les soins de D. Jouaust. Avec une notice, des notes et un glossaire, par Louis Lacour. *Paris, Lib. des Bibliophiles*, 1874, 2 vol. in-8, brochés.

Grand papier de Hollande.

300\. DIDOT (A. F.) Recueil des œuvres choisies de Jean Cousin, peinture, sculpture, vitraux, miniatures, gravures à l'eau-forte et sur bois reproduites en fac-simile ; publiées avec une introduction par M. Ambroise Firmin Didot. *Paris, Firmin Didot, frères, fils et Cie*, 1873, pet. in-fol. demi-rel. dos et coins chag. La Vall. tête dor.

41 planches, dont 4 en couleurs.

301\. DORAT (Jean) et PONTUS DE TYARD. Œuvres poétiques avec notices biographiques et notes par Ch. Marty-Laveaux. *Paris, Alph. Lemerre*, 1875, in-8, portrait, broché.

De la *Pléiade françoise*.

302\. DROZ (Gustave). Monsieur, Madame et Bébé. Edition illustrée par Edm. Morin. *Paris, Victor Havard*, 1878, gr. in-8, fig., broché, couverture.

Exemplaire imprimé sur papier de hollande.

303\. DU BELLAY. Œuvres francoises de Joachim Du Bellay gentil-homme angevin, avec une notice biographique et des notes par Ch. Marty-Laveaux. *Paris, Alph. Lemerre*, 1866, 2 vol. in-8 et appendice, br.

De la *Pléiade francoise*.

304\. DU CAMP. Paris, ses organes, ses fonctions et sa vie dans la seconde moitié du XIXe siècle, par Maxime Du Camp. 6 vol.

— Les Convulsions de Paris (par le même) 4 vol. *Paris, Hachette*, 1875-1881, ensemble 10 vol. in-12, brochés.

305. DUPLESSIS (Georges). Histoire de la gravure, suivie d'indications pour former une collection d'estampes. *Paris, Hachette*, 1880, gr. in-8, fig., en feuilles dans un carton.

Ouvrage contenant 73 reproductions de gravures anciennes.
Exemplaire imprimé sur PAPIER WHATMAN.

306. DUPONT (Pierre). Chants et chansons (poésie et musique), ornées de gravures sur acier d'après Johannot, Andrieux, Nanteuil, Gavarni, Staal, Beaucé, etc. *Paris, Alex. Houssiaux, Lécrivain et Toubon*, 1851-1859, 4 vol. pet. in-8, fig. et musique gravées, demi-rel. dos et coins de mar. orange, têtes dor. ébarbés.

307. EAU-FORTE (L') en 1875. 40 eaux-fortes originales et inédites, par 40 des artistes les plus distingués. Texte par Ph. Burty. — L'Eau-forte en 1876. 30 eaux-fortes originales et inédites, par 30 des artistes les plus distingués, texte par Ernest Chesneau. — L'Eau-forte en 1880 (7e année), 30 eaux-fortes originales et inédites par 30 des artistes les plus distingués, texte par Jules Claretie. *Paris, A. Cadart*, 4 vol. in-fol. reliés.

Epreuves tirées sur chine dans les 3 derniers volumes. Les deux premiers recueils sont reliés, les 2 autres sont en feuilles, renfermés dans des cartons.

308. ÉDITIONS LEMERRE, 1875-1883, 13 vol. in-16, brochés.

Marty-Laveaux. Grammaire historique, grammaire élémentaire. — P. Gaffarel. Histoire des peuples de l'Orient. — Histoire grecque, par L. Petit de Julleville. — Histoire romaine, par Eug. Talbot. — Histoire d'Israël, par E. Ledrain, 2 vol. — Histoire du Moyen-Age, par Pierre Gosset. — Histoire de la littérature française, par Ch. Gidel, 3 vol. — Histoire des littératures étrangères, par Eug. Hallberg, 2 vol.

309. ÉMAUX DE PETITOT (Les) du Musée du Louvre. Portraits de personnages historiques et de femmes célèbres du siècle de Louis XIV, gravés au burin par M. L. Céroni. *Paris, Blaisot*, 1862, 2 vol. in-4, portraits, demi-rel, dos et coins cuir de Russie, têtes dorées, ébarbés.

310. ÉRASME. Les Colloques, nouvellement traduits par V. Develay, et ornés de vignettes gravées à l'eau-forte par J. Chauvet. *Paris, Librairie des Bibliophiles (Jouaust)*, 1875, 3 vol. in-8, fig., brochés.

Un des 20 exemplaires imprimés sur PAPIER DE CHINE.

311. ESTIENNE (Henri). Apologie pour Hérodote (satire de la société au XVIe siècle). Nouvelle édition faite sur la première et augmentée de remarques par P. Ristelhuber. *Paris, Is. Liseux*, 1879, 2 vol. in-8, brochés.

312. ESTOILE (Pierre de l'). Mémoires-journaux. Édition publiée avec un commentaire historique et bibliographique par MM. G. Brunet, A. Champollion, E. Halphen, P. Lacroix, Ch. Read, Tamizey de Larroque, et Ed. Tricotel. *Paris, Librairie des Bibliophiles (Impr. Jouaust)*, 1875-1879, 6 vol. in-8, brochés.

Tomes I à VI imprimés sur PAPIER DE HOLLANDE.

313. ÉVANGILES (Les) des Dimanches et Fêtes de l'année. *Paris, L. Curmer*, 1864, 2 vol. in-4, planches montées sur onglets, demi-rel. dos et coins de mar. rouge, fil. à fr.

Très belle publication, contenant la reproduction de cent miniatures tirées des plus beaux manuscrits connus, et dont chacune des pages, au nombre de 400, est encadrée dans un ornement caractérisant les titres des principales époques de l'art des miniatures.
Le tome 2e contient l'*appendice* donné par l'abbé Delaunay, curé de Saint-Étienne-du-Mont, à Paris.

314. EVANGILES (Les Saints), traduction de Bossuet, *Paris, Hachette*, 1873, 2 vol. gr. in-fol., papier vélin, pl., mar. rouge foncé, dos ornés, comp. à la Duseuil, dent. int., tr. dor. (*Hardy*).

Traduction tirée des œuvres de Bossuet, par H. Wallon, enrichie de 128 grandes compositions gravées à l'eau-forte, d'après les dessins originaux de *Bida*, par Mme *H. Browne*, MM. *Bida*, *Bodmer*, *Bracquemond*, *Chaplin-Deblois*, *Flameng*, *Gaucherel*, *Gilbert*, *Girardet*, *Haussoullier*, *Hédouin*, *Massard*, *Mouilleron*, *Nanteuil*, *Veyrassat*.
Texte encadré d'un double filet rouge ; chacune des planches protégée par un papier fin, portant la légende imprimée.

315. FAIL (Noel du). Contes et discours d'Eutrapel, réimprimés par les soins de D. Jouaust, avec une notice, des notes et un glossaire par C. Hippeau. *Paris, Lib. des Bibliophiles*, 1875, 2 vol. in-8, brochés.

Un des 200 exemplaires imprimés sur GRAND PAPIER DE HOLLANDE.

316. FERTIAULT (F.) Les Amoureux du livre. Sonnets d'un bibliophile, fantaisies, commandements du bibliophile, bibliophiliana, notes et anecdotes par F. Fertiault, seize eaux-fortes de Jules Chevrier. *Paris, A. Claudin*, (*Imp. Louis Perrin à Lyon*), 1877, in-8, fig., broché, couverture.

Exemplaire imprimé sur GRAND PAPIER VERGÉ TEINTÉ.

317. FLAMENG (Léopold). Paris qui s'en va et Paris qui vient. *Paris, Delattre, s. d.*, (1859), in-fol. en feuilles.

Titre et 27 planches gravées à l'eau-forte.

318. FLAUBERT (G.). 7 eaux-fortes composées et gravées par Boilvin pour illustrer *Madame Bovary*, édition Lemerre ; dans 1 carton.

Epreuves AVANT la lettre, tirées in-4 sur chine.

319. FLORE DES SERRES ET DES JARDINS DE L'EUROPE ou description et figures des plantes les plus rares et les plus méritantes, nouvellement introduites sur le continent, ouvrage publié en allemand, en français et en anglais et rédigé par M. Ch. Lemaire, Scheidweiller et M. L. Van Houtte. *Gand, chez L. Van Houtte,* 1845 (origine) à 1880, 23 vol. in-8, fig. et planches en couleurs, les 18 premiers volumes en demi-rel. dos et coins de chag. vert, têtes dor., les tomes XIX à XXIII en fascicules.

320. FLORIAN. Fables illustrées par Victor Adam précédées d'une notice par Ch. Nodier. *Paris, Delloye, s. d.,* (1839), in-8, fig., demi-rel. dos et coins de mar. bleu, dos orné à petits fers pointillés, tête dor. ébarbé. (*Gruel.*)

Exemplaire orné d'un frontispice et de 110 planches hors texte gravées par *Couché, Edard de Laplante, Beyer, Hancké, Lacouchie,* etc., et 84 grands bois de *J.-J. Grandville,* de l'édition de Dubochet, 1842.

321. FLORIAN. Œuvres. *Paris, Renouard et Boulland,* 1820-1824, 20 vol. in-18, fig., demi-rel. mar. brun, têtes dor.

Exemplaire imprimé sur PAPIER VÉLIN, contenant la suite des 80 figures de Moreau et Desenne, épreuves AVANT la lettre ; il est ainsi composé : Fables, 1 vol. — Mélanges et nouveaux mélanges de poésie et de littérature, 2 vol. — Théâtre, 2 vol. — Numa Pompilius, second roi de Rome, 1 vol. — Gonzalve de Cordoue ou Grenade reconquise, 2 vol. — Don Quichotte de la Manche, 4 vol. — Galatée et Estelle, 1 vol. — Nouvelles, 1 vol. — Guillaume Tell ou la Suisse libre, 1 vol. — Œuvres inédites, recueillies par de Pixérecourt, 4 vol. — La jeunesse de Florian ou mémoires d'une jeune espagnole, 1 vol.

On a ajouté à cet exemplaire la suite des 86 figures de *Queverdo* et *Flouest.*

322. FOND DU SAC ou recueil de contes en vers et en prose et de pièces fugitives (par Félix Nogaret). *Paris, Leclère,* 1866, in-8, front. et vign. gr., mar. rouge, dos orné, fil., tête dor., ébarbé.

Exemplaire imprimé sur PAPIER VÉLIN TEINTÉ.

323. FOURNEL (Victor). Les Contemporains de Molière. Recueil de comédies rares ou peu connues jouées de 1650 à 1680, avec notices bibliographiques et critiques. *Paris, Firmin Didot frères,* 1863-1875, 3 vol. in-8, brochés.

324. FOURNIER (Edouard). La Comédie de J. de La Bruyère. — Histoire du Pont-Neuf. — L'Esprit dans l'histoire. — Recherches et curiosités sur les mots historiques. *Paris, E. Dentu,* 1862-1872, ensemble 5 vol. in-12, brochés.

325. FOURNIER (Edouard). Le Vieux-Neuf. Histoire ancienne des inventions et découvertes modernes. Deuxième édition refondue et considérablement augmentée. *Paris, E. Dentu,* 1877, 3 vol. in-12, brochés.

Exemplaire imprimé sur PAPIER DE HOLLANDE.

326. FRANÇAIS PEINTS PAR EUX-MÊMES (Les). Encyclopédie morale du dix-neuvième siècle. *Paris, L. Curmer*, 1840-1850, 8 vol. in-8, fig., demi-rel. dos et coins de veau grenat, têtes dor. ébarbés.

Paris, 5 vol. Province, 3 vol., renfermant près de 400 types tirés à part et environ 1500 vignettes sur bois dans le texte.

327. FRANCISQUE-MICHEL et Ed. FOURNIER. Histoire des Hôtelleries, cabarets, courtilles, et des anciennes communautés et confréries d'hoteliers, de taverniers, de marchands de vins, etc. *Paris, Ad. Delahays*, 1859, 2 vol. in-8, fig., brochés.

328. FRANKLIN (Alfr.) Précis de l'histoire de la Bibliothèque du roi aujourd'hui Bibliothèque nationale. — La Sorbonne, ses origines, sa bibliothèque. Les débuts de l'imprimerie à Paris, etc.. *Paris, L. Willem*, 1875, 2 vol. pet. in-8, brochés.

Un des 25 exemplaires imprimés sur PAPIER DE CHINE.

329. GALERIE THÉATRALE. Collection de 144 portraits en pied des principaux acteurs et actrices qui ont illustré la scène française depuis 1552 jusqu'à nos jours. *Paris, A. Barraud*, 1873, 2 vol. gr. in-4, demi-rel., dos et coins cuir de Russie, dos ornés, fil., têtes dor., ébarbés.

Ouvrage composé de 144 portraits coloriés au pinceau avec le plus grand soin, précédé d'une notice pour chacun d'eux, avec 84 vignettes dans le texte, d'après *Eisen, Boucher, Holle, Baron, Français, Janet-Lange*.
Tiré seulement à 99 exemplaires.

330. GALERIES historiques du Palais de Versailles. Album. *Paris, Garnier frères*, 1853, 101 planches in-4, gravées, en feuilles, dans 1 carton.

331. GAZETTE DES BEAUX-ARTS, courrier européen de l'art et de la curiosité. *Paris*, 1859-1876, 36 vol. gr. in-8, fig. et planches gr. hors texte, demi-rel. avec coins mar. brun, têtes dor. ébarbés, et de 1877 à 1882 en livraisons, brochés.

Première période de 1859 à 1868 avec les 2 volumes de tables, 22 volumes — Deuxième période de 1869 à 1876, 14 volumes. — De 1877 à 1882, en livraisons (moins les livraisons du 1er avril 1877, du 1er octobre 1881, du 1er juin et du 1er juillet 1882).

332. GOLDSMITH. Le Vicaire de Wakefield, traduit en français avec le texte anglais en regard par Ch. Nodier. *Paris, Bourgueleret*, 1838, in-8, fig., demi-rel. veau bleu, dos orné, fil., tête dor.

Portrait de Goldsmith, 10 planches hors texte gravées sur acier par *W. Finden*, d'après les dessins de *Tony Johannot*, chaque planche protégée par un papier fin portant une légende; et vignettes sur bois dans le texte.
PREMIER TIRAGE.

333. GONCOURT (Edm. et J. de). L'Amour au dix-huitième siècle. *Paris, E. Dentu*, 1875, pet. in-8, front. texte avec encadrement, broché.

Editoin originale.
Exemplaire imprimé sur papier whatman.

334. GONCOURT (Edm. et J. de). L'Amour au dix-huitième siècle. *Paris, E. Dentu*, 1875, in-12, br. — Edm. de Goncourt. La Saint-Huberty, d'après sa correspondance. *Paris, E. Dentu*, 1882, in-12, br. — La Maison d'un artiste. *Paris, G. Charpentier*, 1881, 2 vol. — Ensemble 4 vol. brochés, couvertures.

Editions originales.

335. GONCOURT (Edm. et Jules de). La Femme au dix-huitième siècle. Nouvelle édition, revue, augmentée et illustrée de soixante-quatre reproductions sur cuivre par Dujardin d'après des dessins originaux de l'époque. *Paris, Firmin-Didot*, 1887, in-4, broché, couverture.

Un des exemplaires imprimés à petit nombre sur papier du japon.

336. GONCOURT (E. et J. de). Histoire de Marie-Antoinette, édition ornée d'encadrements à chaque page, et de 12 planches hors texte, reproduction d'originaux du XVIIIe siècle. *Paris, G. Charpentier*, 1878, in-4, fig., broché, couverture.

Première édition illustrée ; chaque page est encadrée d'ornements, fleurs ou oiseaux, chaque planche est recouverte d'un papier fin avec légende imprimée.
Un des 30 exemplaires imprimés sur papier de hollande avec les gravures en double épreuve, dont une volante sur chine.

337. GONCOURT (Edm. et J. de). Sophie Arnould d'après sa correspondance et ses mémoires inédits. *Paris, E. Dentu*, 1877, pet. in-4, broché.

Portrait de Sophie Arnould, gravé à l'eau-forte par *Fr. Flameng*, hors texte, vignettes dans le texte avec encadrements gravés par *Méaulle* d'après *Claudius Popelin*.
Exemplaire imprimé sur papier de chine.

338. **GRANDS ÉCRIVAINS DE LA FRANCE** (Les.) Nouvelles éditions revues sur les plus anciennes impressions, augmentées de variantes, notes, lexique etc., par MM. Ch. Marty-Laveaux, G. Servois, D. L. Gilbert, L. Lalanne, Despois, P. Mesnard, Feillet, J. Gourdault, R. Chantelauze. Monmerqué, Ch. Capmas, A. de Boislisle. *Paris, Hachette*, 1862-1896, 86 vol. in-8 et 9 albums, brochés.

Œuvres de P. Corneille, 12 vol. et album. — Œuvres de La Bruyère, 3 tomes en 4 vol. et album. — Œuvres de La Fontaine, 11 vol. et album — Œuvres de La Rochefoucauld, 4 vol. et album. — Œuvres de Malherbe, 5 vol. et album. — Œuvres de Molière, 10 vol. et album (moins les tomes

XI, XII et XIII). — Pascal. Les Provinciales, 2 vol. — Œuvres de Racine, 8 vol. et 2 albums. — Œuvres du Cardinal de Retz, 10 vol. (moins l'album). — Lettres de Madame de Sévigné, 16 vol. et album, — Mémoires de Saint-Simon, tomes I, II, III, IV, V et X.

Exemplaires imprimés sur papier vélin.

339. GRANDVILLE. Un autre monde, transformations, visions, incarnations, ascensions, locomotions, explorations, pérégrinations, etc. *Paris, H. Fournier*, 1844 gr. in-8, fig., demi-rel. dos et coins de chag. vert, tr. dor.

Premier tirage.

Ouvrage illustré de gravures sur bois, dont un frontispice en noir et 36 planches tirées à part et coloriées.

Le texte est de Taxile-Delort.

340. GRANDVILLE. Cent proverbes, par Grandville. *Paris, H. Fournier*, 1845, in-8, fig., demi-rel. chag. violet, plats toile, tr. dor.

Premier tirage.

341. GRANDVILLE. Les Fleurs animées, texte par Alph. Karr, Taxile Delord et le comte Fœlix. *Paris, Martinon et Gabr. de Gonet, s. d.*, 2 vol. gr. in-8, fig., demi-rel. chag. rouge.

Ouvrage orné de 2 frontispices et 59 planches gravées sur acier et coloriées, 27 pour le premier volume et 32 pour le second, plus 2 planches de botanique.

342. GRANDVILLE. Les Métamorphoses du jour, accompagnées d'un texte par MM. Alb. Second, L. Lurine, Cl. Caraguel, Tax. Delord, H. de Beaulieu, L. Huart, Ch. Monselet; précédées d'une notice sur Grandville, par M. Ch. Blanc. *Paris, Gust. Havard*, 1854, gr. in-8, fig., demi-rel. chag. noir, plats toile, tr. dor.

70 planches gravées sur bois et coloriées.

343. GRANT DANSE MACABRE (La) des hômes et des fêmes avec les dis des trois mors et trois vifs... *Nouvellement imprimé à Paris, achevé d'imprimer le 22 mars 1858, par Ch. Lahure... et se vend chez L. Potier, libraire*. Pet. in-8 goth., fig., mar. noir, fil. à fr., tr. dor.

Réimpression fac-similé de l'édition de 1486, augmentée, pour les femmes, des textes de *la bigotte* et de *la sotte*, tirées de l'édition de 1491.

344. GRAVURE (Ouvrages sur la). 3 vol. brochés.

Les Drevet, catalogue raisonné de leur œuvre, par Ambr. Firmin Didot. *Paris*, 1876, in-8. — Martial. Nouveau traité de la gravure à l'eau-forte. — R. de St-Arroman et Lepic. La gravure à l'eau-forte. *Paris, Cadart* 1873-1876, 2 vol. in-8.

345. GRESSET. Ver-Vert, poëme, nouvelle édition publiée par

G. d'Heylli. *Paris, Rouquette*, 1877, in-8 de 62 pages, portr. et fig. broché.

Eaux-fortes de MM. *Guillaumot, Père* et *Fils*.
Un des 30 exemplaires imprimés sur PAPIER DE CHINE.

346. GRESSET. Œuvres. *Paris, E. Houdaille*, 1839, in-8, fig., broché, couverture.

Portrait de Gresset et 9 planches hors texte gravées d'après *Laville* et *Meissonier*, par *Lacoste*.
PREMIER TIRAGE.

347. GUÉRANGER (Dom). Sainte Cécile et la société romaine aux deux premiers siècles. *Paris, Firmin Didot fr.*, 1874, gr. in-8, fig., broché.

Ouvrage contenant 2 chromolithographies, 5 planches en taille-douce et 250 gravures sur bois.
Exemplaire imprimé sur GRAND PAPIER.

348. GUERRE DE LA COMMUNE (La), 1870-1871, dessins par les principaux artistes, texte par M. A. Darlet. *Paris, Michel Lévy fr.*, 1872, in-fol., fig. sur bois, cart. toile rouge, fers spéciaux.

349. **GUIFFREY** (J.). Histoire de la tapisserie, texte par J. Guiffrey, E. Müntz et Al. Pinchart. Illustrations exécutées sous la direction de Léon Vidal. *Paris, Librairie de la Société anonyme des publications périodiques*, 1878-1885, 25 fascicules in-fol. en cart.

Belle publication en 25 fascicules gr. in-fol., divisée en 3 parties comme texte, imprimé sur papier de Hollande, et accompagnée de 100 planches en phototypie et 5 planches en photochromie.
Il manque à cet exemplaire une planche : Tapisserie florentine du XVIe siècle intitulée : *Grotesques*, devant se trouver classée au fascicule VIII.
En double : Tapisseries françaises : texte ; pages 77-80 ; 97-156.
Tapisseries italiennes : texte ; pages 17-32 ;
Tapisseries flamandes : texte ; pages 17-32 ; 65-76, accompagné des planches.

350. GUIZOT. Mémoires pour servir à l'histoire de mon temps. *Paris, Michel Lévy frères*, 1858-1867, 8 vol. in-8, demi-rel. chag. rouge, tr. peign.

351. HARCOURT (Marquise d'). Madame la duchesse d'Orléans. Hélène de Mecklembourg-Schewerin (par Mme la marquise Georges d'Harcourt, née Paule de Saint-Aulaire). *Paris, Michel Lévy frères*, 1859, in-8, demi-rel., dos et coins de mar. rouge, dos orné à petits fers, fil., tête dor. ébarbé. (*David*.)

Exemplaire imprimée sur PAPIER VÉLIN SUPÉRIEUR.

352. HATIN (Eug.). Bibliographie historique et critique de la presse périodique française. *Paris, Firmin Didot frères*, 1866, in-8 à 2 col., broché.

353. HAVARD (Henry). Histoire de la faïence de Delt. *Paris, Plon,* 1878, un tome en 2 vol. gr. in-8, brochés.

Ouvrage enrichi de 25 planches hors texte et de plus de 400 dessins, fac-similés, chiffres, etc., dans le texte, par *Léopold Flameng* et *Goutzwiller.* Chromolithographies de Lemercier.

Un des 100 exemplaires imprimés sur PAPIER DE HOLLANDE avec les planches en deux états,

354. HÉDOU (Jules). Noël Le Mire et son œuvre, suivi du catalogue de l'œuvre gravé de Louis Le Mire. Portrait à l'eau-forte par Gilbert. *Paris, J. Baur,* 1875, in-8, portrait, broché.

Exemplaire imprimé sur PAPIER WHATMAN.

355. HÉDOU (Jules). Jean le Prince et son œuvre, suivi de nombreux documents inédits, portrait à l'eau-forte par A. Gilbert. *Paris, J. Baur et Rapilly,* 1879, in-8, portrait, broché.

Exemplaire imprimé sur PAPIER WHATMAN.

356. HENRIET (Frédéric). C. Daubigny et son œuvre gravé. Eaux-fortes et bois inédits par C. Daubigny, Karl Daubigny, Léon Lhermitte. *Paris, A. Lévy,* 1875, in-8., broché.

357. HERCULANUM ET POMPÉI. Recueil général des peintures, bronzes, mosaïques, etc., découverts jusqu'à ce jour, gravés au trait sur cuivre par M. Roux aîné, et accompagnés d'un texte explicatif, par M. Barré. *Paris, Firmin Didot,* 1863-1872, 8 vol. gr. in-8, fig., cart.

Le VIIIe volume contient le *Musée secret.*

358. HOFFMANN. Contes fantastiques, traduction nouvelle, précédés de souvenirs intimes sur la vie de l'auteur, par P. Christian. Illustrés par Gavarni. *Paris, Lavigne,* 1843, in-8, fig., demi-rel. chag. rouge, tr. peign.

PREMIER TIRAGE.

359. HORATIUS. Quinti Horatii Flacci opera omnia, recensuit Filon. *Parisiis, A. Mesnier (Excudebat Didot natû minor),* 1828, in-64, mar. grenat, fil., tr. dor.

360. HORACE. Œuvres, traduction nouvelle, par Leconte de Lisle avec le texte latin. *Paris, Alph. Lemerre,* 1873, 2 vol. in-16, front., mar. rouge, fil. à fr. fleurons et milieu or, dent. int., tr. dor. *(Smeers.)*

361. HORACE. Œuvres, traduction en vers du comte Siméon. *Paris, Librairie des Bibliophiles,* 1873-74, 3 vol, in-8, vignettes gr., br.

Un des 6 exemplaires imprimés sur PAPIER DE CHINE.

362. HOUSSAYE (Arsène). Les Cent et un sonnets. Gravures et eaux-fortes. *Paris, Librairie à estampes, Jules Maury, s. d.*, (1874), in-4 fig., broché.

Portrait d'Arsène Houssaye et 7 planches hors texte gravées par *Nargeot, Cucinotta, Masson, Laguillermie*, etc.
Exemplaire de PREMIER TIRAGE imprimé sur PAPIER DE CHINE.

363. HOUSSAYE (Arsène). Les Grandes Dames. Edition illustrée de vingt gravures sur acier. *Paris, E. Dentu, s. d.*, gr. in-8, fig., broché.

364. HOUSSAYE (Arsène). Jacques Callot. Sa vie et son œuvre, 10 eaux-fortes de Callot, ou d'après Callot (renfermant 20 sujets). *Paris, Jules Maury, s. d.*, in-4, fig., en feuilles.

365. HOUSSAYE (Arsène). Voyage à ma fenêtre. *Paris, Victor Lecou* (1851), gr. in-8, fig., cart. fers spéciaux, tr. dor.

Ouvrage illustré de nombreuses gravures sur bois dans le texte, d'un titre gravé, d'un frontispice et de 10 planches gravées sur acier.
PREMIER TIRAGE.

366. HUGO (Victor). Notre-Dame de Paris. Edition illustrée d'après les dessins de MM. E. de Beaumont, L. Boulanger, Daubigny, T. Johannot, de Lemud, Meissonier, C. Roqueplan, de Rudder, Steinheil. *Paris, Perrotin et Garnier frères*, 1844, gr. in-8, demi-rel. dos et coins de mar. rouge, tête dor., ébarbé.

Second tirage sous cette date.

367. HUGO (Victor). Œuvre poétique de Victor Hugo. *Paris, J. Hetzel*, 1869, 10 vol. in-18, brochés.

Edition elzévirienne imprimée par Jouaust sur papier vergé de Hollande avec des ornements dans le texte dessinés par *E. Froment*. Elle renferme les *Odes et Ballades*; les *Orientales*, les *Feuilles d'Automne*, les *Chants du crépuscule*; les *Voix intérieures*; les *Rayons et ombres*; la *Légende des siècles* et les *Chansons des Rues et des bois*.

368. HUGO (Victor). Œuvres. *Paris, Alph. Lemerre*, 1875-1876, 19 vol. in-16, brochés.

Odes et Ballades; les Orientales; les Feuilles d'Automne; les Chants du crépuscule; les Voix intérieures; les Rayons et les Ombres; les Contemplations; la Légende des siècles; les Châtiments; l'Art d'être grand-père; l'Année terrible; Chansons des rues et des bois; Notre-Dame de Paris, 2 vol.; Théâtre, 4 vol.

369. HUGO (Victor). Œuvres. *Paris, Alph. Lemerre*, 1875-1879, 23 vol. in-16, br.

Poésies, 17 vol. — Théâtre, 4 vol. — Notre-Dame de Paris, 2 vol.
Exemplaire imprimé sur PAPIER DE CHINE.

370. IMPRIMERIE ET IMPRIMEURS. 5 vol.

S'ensuit le catalogue d'un marchand libraire du XVe siècle, tenant boutique à Tours. *Paris*, 1868, in-12, br. — Manuel de l'apprenti compositeur, par J. Claye, 1871, in-12, br. — L. Feugère. Essai sur Henri Estienne. *Paris*, 1853, in-12, br. — Alde Manuce et l'Hellénisme à Venise. par Ambr.-Firmin Didot. *Paris*, 1875, in-8, br. — L. Degeorge. La maison Plantin à Anvers, 2e édition, *Bruxelles*, 1878, in-8, br.

371. ILLUSTRATION NOUVELLE (L'), par une société de peintres graveurs à l'eau-forte. *Paris, A. Cadart*, 1868 à 1877, 9 vol. in-fol., planches gravées. Les années 1868 à 1873 en demi-rel. dos et coins de mar. grenat, jans., têtes dor. Les années 1874 à 1877 en feuilles.

Ces 9 années renferment 412 planches gravées à l'eau-forte par *Martial* et autres artistes, avec numérotation suivie.
Il manque à cet exemplaire le frontispice de *Félix Buhot*, devant se trouver en tête de l'année 1877 (9e année).

372. IMITATION DE JÉSUS-CHRIST (Les Quatre livres de l'), traduction de Michel de Marillac publiée par les soins de D. Jouaust, préface par M. E. Caro. *Paris, Librairie des Bibliophiles (Imp. D. Jouaust)*, 1875, in-8, broché, couverture imprimée rouge et or.

Edition ornée de 5 compositions par *Henri Lévy*, gravées à l'eau-forte par *Waltner*, ornements par *H. Giacomelli*.
Un des 25 exemplaires imprimés sur PAPIER DE CHINE, contenant les gravures AVANT la lettre.

373. IMITATION DE JÉSUS-CHRIST, traduction de Michel de Marillac, garde des sceaux de France, précédée d'un préface par L. Veuillot. *Paris, Glady frères*, 1876, in-8, portr. et fig., broché, couverture.

Edition revue sur les textes originaux et accompagnée d'une notice historique et bibliographique par M. Arthur Loth ; elle est ornée de compositions dessinées par MM. *Ch. Garnier, Ch. Lameire, J. E. Delaunay, D. Laugée, H. Lehmann*, etc., gravées à l'eau-forte.

374. IMITATION DE JÉSUS-CHRIST (L'), traduction de Michel de Marillac, précédée d'une préface par Louis Veuillot. *Paris, Glady fr.*, 1876, in-8, fig., broché.

Même édition que la précédente. Exemplaire imprimé sur PAPIER DE CHINE.

375. IMITATION DE JÉSUS-CHRIST (L'), traduction de Michel de Marillac, *Paris, A. Quantin*, 1878, in-8, fig., broché,

Edition ornée de 10 compositions hors texte par *J.-P. Laurens* gravées à l'eau-forte par *Léopold Flameng*, texte encadré d'un filet rouge.
Un des 19 exemplaires imprimés sur PAPIER DU JAPON, contenant 3 états des gravures, avec la lettre et AVANT la lettre, en noir et en bistre.

376. JACQUEMART (Albert). Histoire de la céramique. *Paris, Hachette*, 1873, in-8, fig., vélin blanc, fers spéciaux en couleurs sur le dos et les plats, tête dor.

Ouvrage contenant 200 figures sur bois, par *H. Catenacci* et *J. Jacquemart*,

12 planches gravées à l'eau-forte par *J. Jacquemart*, et 1000 marques de monogrammes.
PREMIER TIRAGE.

377. JACQUEMART (Albert). Histoire du mobilier. *Paris, Hachette*, 1876, gr, in-8, broché.

Ouvrage contenant plus de 200 eaux-fortes typographiques, procédé Gillot, par *Jules Jacquemart*.

378. JANIN (Jules). Œuvres diverses, publiées sous la direction de M. Albert de la Fizelière. *Paris, Librairie des Bibliophiles*, 1878, 13 vol. in-12 fig., brochés.

Deburcau. Histoire du théâtre à quatre sous. — L'Ane mort. — Mélanges et variétés. — Contes et nouvelles. — Correspondance. — Critique dramatique. — Barnave.
Exemplaire imprimé sur PAPIER DE HOLLANDE, tirage d'amateur, chaque volume est orné d'une gravure à l'eau-forte, par *Ed. Hédouin*.

379. JODELLE. Les œuvres et meslanges poétiques d'Estienne Jodelle, sieur du Limodin, avec une notice biographique et des notes par Ch. Marty-Laveaux. *Paris, Alph. Lemerre*, 1868, 1872, 2 vol. in-8 et appendice, brochés.

De la *Pléiade francoise*.

380. JOINVILLE (Jean sire de). Histoire de Saint-Louis, Credo et lettre à Louis X, texte original, accompagné d'une traduction par M. Natalis de Wailly. *Paris, Firmin Didot frères, fils et Cie*, 1874, gr. in-8, fig., broché.

Ouvrage orné de 3 cartes géographiques, 2 chromolithographies, 16 miniatures, etc., empruntés aux manuscrits du XIIIe et du XIVe siècles.

381. **LABARTE** (Jules). Histoire des Arts industriels au Moyen-Age et à l'époque de la Renaissance. *Paris, A. Morel et Cie*, 1864-1866, 4 vol. de texte in-8, et 2 vol. de planches in-4, mar. rouge, dos ornés, comp. à la Duseuil, dent. int., têtes dor. ébarbés. (*Bertrand.*)

PREMIÈRE ÉDITION de cet excellent ouvrage, orné de 150 planches, la plupart en chromolithographie, montées sur onglets.
Bel exemplaire bien relié.

382. LA BRUYÈRE. Les Caractères, avec dix-huit gravures à l'eau forte par V. Foulquier. *Tours, Alfr. Mame et fils*, 1867, gr. in-8, fig., mar. brun, dos orné, comp. de fil. à la Duseuil doublé de veau vert, avec large dent. fers XVIIIe, gardes en moire verte, tête dor. ébarbé.

Exemplaire imprimé sur PAPIER DE HOLLANDE.

383. LA BRUYÈRE. Les Caractères ou les mœurs de ce siècle, précédés des caractères de Théophraste traduits du grec par

La Bruyère, texte revu sur la neuvième édition originale de 1696, avec une notice et des notes par Charles Asselineau. *Paris, Alph. Lemerre*, 1872, 2 vol. in-8, portrait, brochés.

Un des 27 exemplaires sur PAPIER WHATMAN.

384. LA BRUYÈRE. Les Caractères. Réimpression de l'édition de 1696, précédée d'une introduction par Louis Lacour et publiée par les soins de D. Jouaust. *Paris, Librairie des Bibliophiles*, 1873, 2 vol. in-8, portrait, brochés, renfermés en cartons.

Exemplaire imprimé sur PAPIER WHATMAN et numéroté.

385. LA BRUYÈRE. Œuvres. Nouvelle édition revue sur les plus anciennes impressions et les autographes par M. G. Servois, *Paris, L. Hachette*, 1865-1881, 3 tomes en 5 vol. in-8, brochés.

De la collection *Les grands écrivains de la France*.

386. LACROIX (Paul). P. L. Jacob. Dissertations bibliographiques. — Enigmes et découvertes bibliographiques. — Mélanges bibliographiques. *Paris, J. Gay, Ad. Lainé et Jouaust*, 1864-1871, 3 vol. in-12, brochés.

387. LACROIX (Paul). Le Moyen-Age et la Renaissance. *Paris, Firmin Didot*, 1869-1877, 4 vol. gr. in-8, gravures sur bois et planches en chromolithographie, demi-rel. mar., fers spéciaux sur le dos et les plats, tr. dor.

Les Arts, 1869. — Mœurs, usages et costumes, 1871. — Vie militaire et religieuse, 1873. — Sciences et lettres, 1877.
PREMIER TIRAGE.

388. LACROIX (Paul). XVIIe siècle. Institutions, usages et costumes; Lettres, sciences et arts. France, 1590-1700. *Paris, Firmin Didot et Cie*, 1880-1882, 2 vol. gr. in-8, fig., brochés,

Ouvrage illustré de 33 planches en chromolithographie et de 600 gravures sur bois, d'après les monuments de l'art de l'époque.
Exemplaire imprimé sur GRAND PAPIER et de PREMIER TIRAGE.

389. LACROIX (Paul). XVIIIe siècle. Institutions, usages et costumes. Lettres, sciences et arts. France 1700-1789. *Paris, Firmin Didot et Cie*, 1875-1878. 2 vol. gr. in-8, fig., brochés.

Ouvrage illustré de 37 planches en chromolithographie et de 600 gravures sur bois d'après *Watteau, Vanloo, Boucher, Lancret, Greuze, Chardin, Cochin, Eisen, Moreau*, etc.
Exemplaire imprimé sur GRAND PAPIER, et de PREMIER TIRAGE.

390. LACROIX (Paul). Directoire, Consulat et Empire. Mœurs et usages, lettres sciences et arts. France 1795-1815. *Paris, Firmin Didot et Cie*, 1884, gr. in-8, fig., broché.

Ouvrage illustré de 12 chromolithographies et de 410 gravures sur bois

d'après *Ingres, Gros, Prud'hon, Gérard, David, Isabey, Girodet*, etc.
Exemplaire imprimé sur GRAND PAPIER.

391. LA CURNE DE SAINTE PALAYE. Dictionnaire historique de l'ancien langage francois, ou glossaire de la langue francoise depuis son origine jusqu'au siècle de Louis XIV, publié par les soins de L. Favre. *Niort, L. Favre*, 1875-1882, 10 vol. in-4 à 2 col., brochés.

Le tome VIe manque.

392. LA FONTAINE. Les Amours de Psyché et de Cupidon suivies d'Adonis, poëme par La Fontaine. *A Paris, Leclère fils*, 1863, 2 vol. in-16, portrait et figures de Moreau, mar. rouge, dos ornés, fil., dent. int., têtes dor. ébarbés.

Exemplaire imprimé sur PAPIER VERGÉ, auquel on a ajouté la suite des 8 figures de *Moreau* et du portrait de La Fontaine, de l'édition Bleuet.

393. LA FONTAINE. Les Vingt estampes dessinées par Fragonard et Touzé, pour les *Contes*, éditions de P. Didot l'aîné, *Paris*, 1795, réduites et gravées à l'eau-forte par T. de Marc. *Paris, L. Conquet*, 1881, in-4 en 4 livraisons.

Troisième état AVANT la lettre, sur papier de Hollande, épreuves terminées avec les noms à la pointe.

394. LA FONTAINE. Contes avec illustrations de Fragonard. Réimpression de l'édition de Didot, 1795, revue et augmentée d'une notice par M. Anatole de Montaiglon. *Paris, J. Lemonnyer*, 1883, 2 vol. in-4, demi-rel. dos et coins de mar. olive, dos ornés, fil., têtes dor. ébarbés.

Exemplaire imprimé sur PAPIER VERGÉ DE VAN GELDER, avec les figures AVANT la lettre.
On y a ajouté les 57 figures gravées par *Martial* d'après les dessins de Fragonard qui ont appartenu à M. Paillet.

395. LA FONTAINE Contes et nouvelles en vers par Jean de la Fontaine. *A Paris, Leclère fils*, 1861, 2 vol. in-16, vignettes gravées, mar. rouge, dos ornés à petits fers pointillés, dent. int. tr. dor. (*Capé-Masson-Delonnelle*.)

Exemplaire imprimé sur GRAND PAPIER VERGÉ.

396. LA FONTAINE. Contes et nouvelles en vers par M. de La Fontaine. *Lyon, N. Scheuring*, 1873-1875, 2 vol. in-8, portrait, frontispices et vignettes mar. rouge, dos ornés à petits fers avec mosaïque de mar. vert, fil., dent. int., tr, dor. (*Schneider*.)

On a ajouté à cet exemplaire 69 vignettes en tirages à part de la réimpression des *Petits Conteurs*.

397. LA FONTAINE. Contes et nouvelles en vers. *A Paris, chez*

A. Barraud (Imprimerie D. Jouaust), 1874, 2 vol. in-8, fig., mar. rouge, compart. de filets droits et courbes, avec branchages à petits fers, dent. int., tr. dor. (*Smeers*,)

Exemplaire imprimé sur PAPIER WHATMAN de cette réimpression de l'édition dite des Fermiers généraux, orné de 3 suites des figures d'*Eisen* : bistre sur chine, bleu sur chine et en noir sur chine collé sur papier Whatman.

398. LA FONTAINE. Fables. Edition illustrée par J. David, accompagnée d'une notice historique et de notes, par le baron Walckenaer. *Paris, Arm. Aubrée, s. d.*, (1838), 2 vol. gr. in-8, brochés,

400 vignettes dans le texte gravées sur bois, d'après les dessins de *Jules David*, portrait de La Fontaine, gravé sur acier par *Choubard* et tiré sur chine et deux frontispices imprimés en couleur, rehaussés d'or, celui du tome 2e est daté de 1839.
Exemplaire frais avec ses couvertures.

399. LA FONTAINE. Fables, illustrées par J.-J. Grandville. Nouvelle édition. *Paris, H. Fournier aîné*, 1837, 2 vol. in-8, fig., demi-rel. bas. rouge, tr. jasp.

2e tirage sous cette date.

400. LA FONTAINE. Fables. Edition miniature. *Paris, Fonderie Laurent et de Berny, imprimé par Plon frères*, 1850, in-64, mar. rouge, fil., tr. dor., renfermé dans un étui.

401. LA FONTAINE. Fables de La Fontaine avec les dessins de Gustave Doré. *Paris, L. Hachette*, 1867, 2 vol. pet. in-fol., fig., demi-rel. avec coins mar. brun, têtes dor., non rogn.

PREMIER TIRAGE des grandes compositions de *Gustave Doré*, tirées sur PAPIER DE CHINE, avec encadrement du texte et les titres imprimés en rouge.

402. LA FONTAINE. Fables choisies mises en vers ; contes et nouvelles en vers, par M. de La Fontaine, notices et notes par Alph. Pauly. *Paris, Alph. Lemerre*, 1868, 4 vol. in-16, portrait mar. rouge, fil. à froid, fleurons et milieux dorés, dent. int., tr. dor. (*Smeers*.)

403. LA FONTAINE. Fables, publiées par D. Jouaust, avec une introduction par Saint-René Taillandier, de l'Académie française, ornées de douze dessins originaux de Bodmer, Brown, Daubigny, Detaille, Gérôme, etc. Portrait gravé par Flameng. *Paris, Lib. des Bibliophiles*, 1873, 2 vol. in-8, brochés.

404. LA FONTAINE. Fables, réimprimées sur l'édition de 1678-1694 et précédées de recherches sur les fables de La Fontaine, par Paul Lacroix, portrait gravé à l'eau-forte par L. Flameng.

Paris, Librairie des Bibliophiles, 1875, 2 vol. in-8, brochés et en cartons.

Exemplaire imprimé sur PAPIER WHATMAN.

405. LA FONTAINE. Œuvres complètes, ornées de cent vingt gravures, d'après les dessins de Desenne, Chaudet, Huet, etc. *Paris, Nepveu*, 1820, 18 vol. in-16, fig., demi-rel. veau fauve, tête dor., ébarbés.

Exemplaire imprimé sur PAPIER VÉLIN, avec les figures AVANT *la lettre*; Les deux derniers volumes contiennent une histoire de la vie et des ouvrages de J. de La Fontaine, par C. A. Walckenaer.

406. LA FONTAINE. Œuvres complètes publiées par M. Alph. Pauly. *Paris, Alph. Lemerre*, 1876-1884, 7 vol. in-8, br. et fig. renfermées dans des cartons.

Fables, 2 vol. — Contes, 2 vol. — Théâtre, 2 vol. Notices, bibliographie, notes, lexique, 1 vol.
Exemplaire imprimé sur PAPIER DE CHINE, avec la suite de 72 eaux-fortes d'*Oudry* pour illustrer les Fables gravées par *Courtry, Greux, Lemaire, Le Rat, Martinez, Mongin, Mongiez, Rousselle*. Epreuves AVANT la lettre sur Chine et 40 eaux-fortes d'après *Fragonard, Lancret*, etc., pour illustrer les Contes. Epreuves AVANT la lettre en triple tirage : en noir sur Whatman ; en noir sur Chine et en sanguine sur Chine.

407. LA FONTAINE. Œuvres. Nouvelle édition, augmentée de variantes, notices, notes, etc. *Paris, Hachette*, 1891, 3 vol. in-8, brochés.

De la collection : *Les grands écrivains de la France*. 2 exempl. du tome VII et tome VIII.

408. LA FONTAINE. 12 fig. in-8, gravées à l'eau-forte par *La Guillermie, Courtry, Ed. Hédouin, H. Lefort, F. Flameng, Lalauze*, pour illustrer les *Fables de la Fontaine*, édition Jouaust.

409. LA FONTAINE. Suite de 140 vignettes de Duplessi-Bertaux pour les contes et nouvelles de Jean de La Fontaine, Voltaire, Vergier, Senecé, Perrault, Moncrif, Saint-Lambert, Piron, Dorat, etc.

Réimpression faite par Leclère fils en 1862.
Epreuves sur chine volant en triple tirage en noir, sanguine et en bleu, tirage à part gr. in-8.

410. LA FONTAINE. Suite de 1 portrait et de 83 figures d'Eisen, pour illustrer *les Contes*.

Réimpression faite en 1874 par l'éditeur Barraud sur les planches originales de 1762, de l'édition dite : *des Fermiers-Généraux*.
Tirage en sanguine sur *chine volant* de format in-4.

411. LALAUZE (A.). Le Petit Monde. Collection de 10 eaux-fortes. *Paris, A. Cadart*, 1875, in-fol., en feuilles.

Epreuves sur PAPIER DE CHINE, AVANT *la lettre*, collées sur bristol, accompagnées d'un avant-propos par M. Eug. Montrosier; 4 pages et un frontispice en sanguine.

412. LAMARTINE. (Alph. de). Jocelyn. Episode. Journal trouvé chez un curé de village. *Paris, Furne et Charles Gosselin*, 1836, 2 vol. — La Chute d'un ange, épisode. *Paris, Ch. Gosselin et W. Coquebert*, 1838, 2 vol. — Ensemble, 4 vol. in-8, demi-rel. dos et coins de mar. rouge, têtes dor., ébarbés.

Éditions originales; on a ajouté en tête de chaque volume de *Jocelyn* une gravure de *Tony Johannot* et de *J. David*, et en tête du premier volume de la *Chute d'un ange*, une gravure de *Tony Johannot*.

413. LAMARTINE (A. de). Le Lac. *Paris, L. Curmer* (*Paris, Impr. J. Claye*), 1860, in-fol., demi-rel. dos et coins de mar. brun foncé, tête dor.

Imprimé à 225 exemplaires numérotés, orné de 16 planches hors texte, tirées sur chine; compositions par *Alexandre de Bar*.

414. LAMARTINE. Œuvres poétiques. *Paris, Furne, Jouvet, Hachette*, 1875-1879, 6 vol. in-8, br.

Méditations poétiques. — Harmonies poétiques et religieuses. — Jocelyn. — La Chute d'un ange. — La Mort de Socrate. — Recueillements poétiques. Exemplaire imprimé sur grand papier Whatman.

415. LANGLOIS (E. H.). Album de dessins de E. H. Langlois du Pont-de-l'Arche, gravés par Jules Adeline, Ernest Lefèvre et Bracquemond, et fac-similés reproduits par les procédés héliographiques de M. Amand Durand. Autobiographie et recueil de lettres à Bonav. de Roquefort, classées et accompagnées d'un texte par Alfr. Dieusy. *Rouen, Typogr. de Henry Boissel*, 1875-1879, 14 livraisons in-fol.

Exemplaire sur papier Whatman, avec une double suite des gravures sur Chine volant et sur papier de Chine, collé sur Whatman.
Ouvrage non terminé.

416. LANGLOIS (E.-H.). — Essai historique, philosophique et pittoresque sur les Danses des morts. Ouvrage complété et publié par M. André Pottier et M. Alfred Baudry. *Rouen, A. Lebrument*, 1852, 2 vol. in-8, brochés.

Orné de 54 planches et de nombreuses vignettes, dessinées et gravées par *E. Langlois, Mlle Espérance Langlois, MM. Brevière* et *Tudot*.

417. LA ROCHEFOUCAULD. Œuvres. Nouvelle édition, revue sur les plus anciennes impressions et les autographes, par M. D. L. Gilbert. *Paris, Hachette*, 1868-1881, 3 vol. in-8, brochés.

Tomes 1 et 2 et notice biographique. De la collection : *Les grands écrivains de France*.

418. LA ROCHEFOUCAULD. Réflexions ou sentences et maximes

morales. Edition Louis Lacour, imprimée par D. Jouaust. *Paris, Académie des Bibliophiles*, 1868, in-8, broché.

Un des 15 exemplaires imprimés sur PAPIER DE CHINE.

419. LA ROCHEFOUCAULD. Réflexions ou sentences et maximes morales. Edition Louis Lacour, imprimée par D. Jouaust. *Paris, Académie des Bibliophiles*, 1868, gr. in-8, broché.

Un des 15 exemplaires imprimés sur PAPIER WHATMAN.

420. LA ROCHEFOUCAULD. Réflexions ou sentences et maximes morales, textes de 1665 et de 1678, revus par Ch. Royer. *Paris, Alph. Lemerre*, 1870, in-16, portrait, mar. rouge, fil. à fr., fleurons et milieux dorés, dent. int. tr. dor. (*Smeers.*)

421. LAROUSSE. Grand Dictionnaire universel du XIXe siècle. *Paris*, 1866-76, 15 vol. in-4, texte à 4 col., demi-rel. dos et coins de mar. noir, tr. peign.

422. LASSERRE (Henri). Notre-Dame de Lourdes. *Paris, Société générale de Librairie catholique*, 1879, gr. in-8, fig., broché, couverture.

Edition illustrée d'encadrements variés à chaque page et de chromolithographies, scènes, portraits, vues et cartes, exécutés d'après les documents sous la direction de M. Eugène Mathieu.
Exemplaire imprimé sur GRAND PAPIER, premier tirage.

423. LECOY DE LA MARCHE. Saint-Martin. *Tours, Alfr. Mame et Fils*, 1881, gr. in-8, fig., broché.

Ouvrage orné de 6 chromolithographies, 24 grandes gravures hors texte, trois fac-similés et environ 140 gravures dans le texte.
Exemplaire imprimé sur PAPIER DE HOLLANDE.

424. LEMAISTRE DE SACY. Le Livre de Ruth, traduit de la Sainte Bible. *Paris, Hachette et Cie* 1876, gr. in-fol. en feuilles, renfermé dans un carton.

9 grandes compositions, 4 têtes de chapitre et 3 culs-de-lampe gravés à l'eau-forte d'après *Bida*, par MM. *Boilvin, L. Flameng, Hédouin, La Guillermie, Lerat et Waltner* et 4 lettres ornées, gravées à l'eau-forte par *Waltner* d'après M. Hédouin.
Un des 50 exemplaires imprimés sur PAPIER WHATMAN.

425. LEMAISTRE DE SACY. L'Histoire de Joseph, traduite de la Sainte Bible. *Paris, Hachette*, 1878, in-fol. en feuilles et en carton.

20 compositions gravées à l'eau-forte d'après les dessins de *Bida* par MM. *Boilvin, Brunet-Debaines, Courtry, Flameng, Gaucherel, Gilbert, Greux, Hédouin, La Guillermie, Lalauze, Lerat, Martinez, Milius, Mongin, Monziès, Waltner* et de 30 têtes de chapitre ou culs de lampe.
Un des 50 exemplaires imprimés sur PAPIER WHATMAN.

426. LEMAISTRE DE SACY. L'Histoire de Tobie, traduite de la

Sainte Bible. *Paris, Hachette et Cie*, 1880, gr. in-fol. en feuilles, renfermé dans un carton.

14 grandes compositions gravées à l'eau-forte d'après *Bida* par MM. *Bida*, *Boilvin*, *Courtry*, *F. Flameng*, *Gaucherel*, *Hédouin*, *Lefort*, *Lerat*, *Milius*, *Monziès*, et 42 têtes de chapitre, lettres ornées et culs de lampe, dessinés par *Bida* et gravés sur bois.
Un des 50 exemplaires imprimés sur PAPIER WHATMAN.

427. LEMAISTRE DE SACY. L'Histoire d'Esther, traduite la Sainte Bible. *Paris, Hachette*, 1882, in-fol. en feuilles, renfermé dans un carton.

12 grandes compositions gravées à l'eau-forte d'après les dessins de *Bida*, par MM. *Boilvin*, *Champollion*, *Courtry*, *Duvivier*, *L. Flameng*, *Gilbert*, *Hédouin*, *Lecoulteux*, *Milius*, *Mongin* et *Salmon*.
Un des 20 exemplaires imprimés sur PA'IER WHATMAN.

428. LEMERCIER DE NEUVILLE. Théâtre des Pupazzi. *Lyon*, *N. Scheuring*, 1876, in-8, portrait et vignettes gravées à l'eau-forte, broché, couverture.

Premier tirage.

429. LEPITAPHE de frère Olivier Maillard. *Paris*, *Lahure*, 1857, in-12 de 12 ff. mar. brun jans., dent. int., non rog. (*Allô*).

Réimpression fac-simile imprimée à 62 exemplaires.
Celui-ci est un des 4 imprimés sur PEAU DE VÉLIN.

430. LESAGE. Hist^oire de Gil Blas de Santillane. *Paris*, *Baudouin frères*, 1829, 3 vol. in-8 veau mar., fil, tr. mar. (*Brigandat*.)

9 figures par *Desenne*.

431. LE SAGE. Suite complète de 16 vignettes dessinées, par Henri Pille, gravées à l'eau-forte par Monziès pour *Gil Blas*, édition Alph. Lemerre, en cart.

Epreuves AVANT la lettre en quadruple tirage in-4, sur Hollande, Whatmann, sur Chine et sur Chine en sanguine.

432. LIÈVRE (Edouard) Le Musée universel avec le concours des artistes et des écrivains les plus distingués. *Paris*. *Goupil et Cie*, 1868, 3 vol. in-4, fig., demi-rel., dos et coins de mar. vert, dos ornés, têtes dor.

Eaux-fortes par *Bracquemond*, *J. Achard*, *Rajon*, *Daubigny*, *Didier*, *Charles Jacque*, *Courtry*, *J. Michelin*, *J. Jacquemart*, *Veyrassat*, *Chauvel*, *etc*.

433. LIVRE D'HEURES (Le) de la Reine Anne de Bretagne, traduit du latin et accompagné des notes inédites par M. l'abbé Delaunay. *Paris*. *L. Curmer*, 1831, 2 vol. in-4, fig., mar. rouge, dos orné, comp. de fil. à la Duseuil, armes mosaïquées sur le premier plat ; parti de France et de Bretagne, doublure et

gardes en moire rose, tr. dor. avec fermoirs en vermeil, le second volume contenant l'Appendice est en demi-rel. mar. rouge.

Bel ouvrage qui est la reproduction en chromolithographie du célèbre manuscrit original, chef-d'œuvre de l'art de la miniature française au XVe siècle.

434. LIVRES ILLUSTRÉS DU XIXe SIÈCLE. Réunion de 19 vol.

Arioste. Roland furieux, traduction par V. Philipon de la Madelaine *Paris, J. Mallet*, 1844, gr. in-8, fig. de Tony Johannot, Baron, Français et C. Nanteuil, cart., 1er TIRAGE. — Physiologie du goût, par Brillat-Savarin, illustrée par Bertall. — *Paris, G. de Gonet* (1848), in-8, demi-rel. chag. noir, 1er TIRAGE. — Le Livre de mes petits-enfants, par M. Delapalme, dessins de Giacomelli. *Paris, Hachette*, 1866, in-8, fig., demi-rel., chag. brun. — L'Afrique française, l'Empire du Maroc et les déserts du Sahara, par P. Christian *Paris, Barbier, s. d.*, in-8, fig., cart., tr. dor. — Album pittoresque, par Gavarni. *Paris*, 1848-1849, 3 vol. in-8, br., contenant 114 planches (sur 320) ainsi réparties : *Le Carnaval à Paris*, 18 pl. (sur 23) ; *Les Etudiants de Paris*, 17 pl. (sur 47) ; *Clichy*, 9 pl. (sur 19) ; *Paris le matin*, 7 pl. (sur 10) ; *Fourberies de femmes*, 31 pl. (sur 48) ; *Les Lorettes*, 10 pl. (sur 25) ; *Paris le soir*, 5 pl. (sur 13) ; *Les Enfants terribles*, 13 pl. (sur 38) ; *Les Actrices*, 2 pl. (sur 11) ; *Traductions en langue vulgaire*. 2 pl. (sur 5). — Fables de La Fontaine, publiées par Ch. Notier. *Paris, Emery*, 1818, 2 vol. in-8, fig., demi-rel. v. — Histoire de Manon Lescaut, par l'abbé Prevost, édition illustrée par Tony Johannot. *Paris. Ernest Bourdin, s. d.*, in-8, fig., demi-rel. chag. violet. — Raphaël par A. de Lamartine, illustré par Tony Johannot. *Paris, Perrotin*, 1850, in-8, fig., cart. — Paul et Virginie par Bernardin de Saint-Pierre. *Paris, J. Laisné*, 1834, in-8, fig. de Corbould, demi-rel. v. vert. — Physiologies du jour de l'an ; de l'homme de Loi ; de l'employé ; des foyers de théâtres ; des journalistes, du théâtre, du sommeil. 7 vol. in-32, non rel.

435. LONDON a pilgrimage by Gustave Doré and Blanchard Jerrold. *London, Grant*, 1872, in-fol. fig., cart. perc. brune, fers spéciaux.

Premier tirage des illustrations de *Gustave Doré*.

436. LONGUS. Daphnis et Chloé ou les pastorales de Longus, traduites du grec par J. Amyot, nouvelle édition revue, corrigée et complétée. *Paris, Leclère, (De l'Impr. de Ch. Lahure)*, 1863, pet. in-8, vignettes gr., mar. rouge, dos orné, fers à l'oiseau, fil., dent. int., tête dor. ébarbé.

Exemplaire imprimé sur GRAND PAPIER VERGÉ. On y a ajouté une réduction de 8 figures de *Prudhon* et *Gérard*, de l'édition de Didot 1800.

437. LONGUS. Les Amours pastorales de Daphnis et de Chloé traduites par Jacques Amyot, texte de 1557, suivies de la traduction revue par P. L. Courier, précédées d'une notice par Et Charavay. *Paris, Alph. Lemerre*, 1873, in-16, portrait, mar. rouge, fil., à fr., fleurons et milieux ornés, dent. int., tr. dor, (*Smeers*.)

438. LONGUS. Les Pastorales de Longus ou Daphnis et Chloé, traduction de Jacques Amyot, revue par Paul-Louis Courier, fi-

gures de Prudhon et vignettes d'Eisen. *Paris, Librairie à estampes, Jules Maury, s. d.*, in-4 fig., broché.

Exemplaire imprimé sur PAPIER DE HOLLANDE.

439. LONGUS. 7 Eaux-fortes d'après les dessins de Prudhon, gravées par Boilvin pour l'édition de Daphnis et Chloé, publié par Alph. Lemerre dans 2 cartons.

Epreuves AVANT la lettre en double tirage in-4, en noir sur Whatman et sur Chine.
— Même suite AVANT la lettre, tirée in-8 sur Chine.

440. LOTH (Arthur). Saint-Vincent-de-Paul et sa mission sociale. Introduction par Louis Veuillot, appendices par Ad. Baudon P. B. et L. B., E. Cartier, Auguste Roussel. *Paris, Dumoulin et Cie* 1880, in-4. nomb. illust., broché.

Exemplaire imprimé sur PAPIER VÉLIN de cuve.

440bis LOUANDRE (Ch.) Les Arts somptuaires. Histoire du costume et de l'ameublement et des arts et industries qui s'y rattachent, sous la direction de Hangard-Maugé, dessins de Ciappori, et accompagnés d'une introduction générale et d'un texte explicatif. *Paris, chez Hangard-Maugé*, 1858, 4 vol. in-4 dont 2 de texte et 2 de planches, brochés.

Bel ouvrage illustré de 321 planches imprimées en couleurs représentant plus de 5000 costumes, meubles, armes et objets divers, exécutés d'après les originaux, conservés dans les palais, musées, cathédrales, bibliothèques, collections publiques et particulières de l'Europe.

441. MALHERBE. Œuvres complètes, recueillies et annotées par M. L. Lalanne. Nouvelle édition augmentée de notices, de variantes, de notes, d'un lexique, etc. *Paris, L. Hachette*, 1862-1869, 5 vol. in-8 et album gr. in-8, demi-rel. dos et coins de mar. grenat, dos ornés, têtes dor., ébarbés.

De la collection : *Les grands écrivains de la France.*

442. MANNE et MENETRIER. Galerie historique des portraits des comédiens de la troupe de Molière ; de la troupe de Nicolet ; de la troupe de Voltaire ; de la troupe de Talma,, des acteurs français, mimes et paradistes ; de la Comédie-Française depuis le commencement du siècle jusqu'à l'année 1853 ; de feu Séraphin, par P. E. D. de Manne et C. Menetrier. *Lyon, N. Scheuring*, 1869-1877, 7 vol. in-8, papier vergé teinté, brochés.

Portrait gravés à l'eau-forte par *Fr. Hillemacher, Fugère* et *Henri Lefort.*
La *Troupe de Molière* est de second tirage et on y a joint la seconde édition de la *Troupe de Voltaire.*

443. MANTZ (Paul). Les Chefs-d'œuvre de la peinture italienne. *Paris, Firmin Didot frères*, 1870, in-fol. fig., cart. perc. verte, fers spéciaux sur le dos et les plats, non rogné.

Ouvrage contenant 20 planches chromolithographiques exécutées par *F. Kellerhoven*, 30 planches sur bois, et 40 culs-de-lampe et lettres ornées.

444. MARIE-CAROLINE-AUGUSTE DE BOURBON, duchesse d'Aumale, 1822-1869 (à la fin :) *Imprimé par les soins de Léon Techener, libraire à Paris*, 1870. Pet. in-8 de 40 pages, portrait de la duchesse d'Aumale, gravé par Hédouin, cart. percal. noire, non rogn.

Cette plaquette, publiée par M. Cuvillier-Fleury et imprimée par Ch. Lahure n'a pas été mise dans le commerce.

445. MARTIAL. Paris en 1867. L'Exposition universelle, par Martial. In-8, 48 planches gravées à l'eau-forte, demi-rel. dos et coins cuir de Russie, tête dor.

446. MARTIN (Henri). Histoire de France. *Paris, Fur e*, 1860, 17 vol. in-8, portrait, demi-rel. veau fauve.

447. MAYNARD (Abbé). La Sainte Vierge. *Paris, Firmin Didot et Cie*, 1877, gr. in-8, fig., broché.

Ouvrage illustré de 14 chromolithographies, 3 photogravures et 200 gravures par *Huyot*.
Exemplaire imprimé sur GRAND PAPIER.

448. MÉMOIRES DRAMATIQUES ; 5 vol.

Mémoires de Dazincourt, comédien, Sociétaire du Théâtre-Français. *Paris*, 1810, in-8, demi-rel. veau. — Mémoires d'Hyppolite Clairon, publiés par elle-même. *Paris, an VII*, in-8, portrait, veau. — Mémoires de Marie Dumesnil, en réponse aux mémoires d'Hypp. Clairon. *Paris, an VII*, in-8, portrait, veau. — Mémoires de George-Anne Bellamy, actrice du théâtre de Covent Garden, traduit de l'anglais. *Paris*, an VII. 2 vol. in-8, portrait, bas.

449. MERLIN (R.). Origine des cartes à jouer, recherches nouvelles, par R. Merlin. Ouvrage accompagné de 74 planches offrant plus de 600 sujets. *Paris, l'Auteur et Rapilly*, 1869, in-4, planches, broché.

On a joint à ce volume : Notice sur un jeu de cartes attribué aux premières années du règne de François Ier et sur un jeu de 1760, recueillis dans l'Angoumois par Alph. Tremeau de Rochebrune. *Niort, L. Clouzot*, 1867, br. in-8 de 11 pages et 2 pl. en couleurs.

450. MERVAL (Stéph. de). Catalogue et armorial des présidents, Conseillers, gens du roi et greffiers du Parlement de Rouen, dressés sur les documents authentiques, par Stéph. de Merval, ornés de vignettes et de fleurons dessinés et gravés à l'eau-forte, par Louis de Merval, publiés par les soins de la Cour impériale de Rouen. *A Evreux, de l'Imprimerie de Aug. Hérissey*, 1867, in-4, fig., broché.

Ouvrage imprimé à 200 exemplaires sur papier vélin et numérotés.

451\. MIGNET. Histoire de la Révolution française, depuis 1789 jusqu'en 1814. *Paris, Firmin Didot*, 1861, 2 vol. in-8, fig., brochés.

452\. MILLAUD (Albert). La Comédie du jour sous la République athénienne, illustrations par Caran d'Ache. *Paris, Plon*, 1872, in-8 broché.

453\. MILLIEN (Achille). Nouvelles poésies (1864-1873). *Paris, Alph. Lemerre*, 1875, grand in-8, papier vélin, planches gravées à l'eau-forte, broché.

454\. MILTON. Le Paradis perdu, traduction de Châteaubriand, précédé de réflexions sur la vie et les écrits de Milton par Lamartine, et enrichi de vingt-cinq magnifiques estampes originales gravées au burin sur acier. *Paris, Amable Rigaud*, 1863, in-fol. pl., en feuilles, renfermé dans un carton.

455\. MODES PARISIENNES (Les) illustrées. Journal de la bonne compagnie. *Paris, Aubert*, 1850-1853, 4 vol. pet. in-4, demi-rel. bas. brune.

Dixième, onzième, douzième et treizième années, renfermant 208 planches gravées et coloriées, numérotées 362 à 570.

456\. MOLIÈRE. Théâtre de Jean-Baptiste Poquelin de Molière. Edition collationnée sur les textes originaux et ornée de gravures à l'eau-forte, par Frédéric Hillemacher. *Lyon, N. Scheuring*, 1864-1870, 8 vol. in-8, fig., brochés.

Exemplaire orné de 166 vignettes de *Hillemacher*; avec les cartons pour les tomes 1er, 2me et 3me.

457\. MOLIÈRE. Œuvres, avec notes et variantes, par Alphonse Pauly. *Paris, Alph. Lemerre, s. d.*, 8 vol. in-16, portrait, mar. rouge, fil. à froid, fleurons et milieux dorés, dent. int., tr. dor. (*Smeers*.)

458\. MOLIÈRE. Œuvres. Nouvelle édition revue sur les plus anciennes impressions, et augmentée des variantes, notices, notes, etc., par MM. Eugène Despois et P. Mesnard. *Paris, L. Hachette*, 1873-1889, 10 vol. in-8 (tomes I à X), brochés.

459\. MOLIÈRE. Œuvres, accompagnées d'une vie de Molière, de variantes, d'un commentaire et d'un glossaire, par Anat. France. *Paris, Alph. Lemerre*, 1876-1880, 3 vol. in-8, portrait, brochés.

Un des 25 exemplaires imprimés sur PAPIER WHATMAN. Tomes I, II et III.

460\. MOLIÈRE. Théâtre complet de J.-P. Poquelin de Molière, publié par D. Jouaust, préface par M. D. Nisard. Dessins de

L. Leloir, gravés à l'eau-forte par Flameng. *Paris, Librairie des Bibliophiles*, 1876-1883, 8 vol. gr. in-8., fig., brochés, couvert.

Exemplaire imprimé sur GRAND PAPIER DE HOLLANDE, avec la suite des figures en deux états ; AVANT et avec la lettre.

461. MOLIÈRE. Réimpression des éditions originales des pièces de Molière, publiées par les soins de L. Lacour. *Paris, Librairie des Bibliophiles (Jouaust, imprimeur)*, 1867-1877, 23 vol. in-12, papier de Hollande, brochés.

L'Estourdy. — Dépit amoureux. — Les Précieuses ridicules. — Sganarelle. — L'Escole des maris. — Les Fâcheux. — L'Escole des Femmes et la critique. — Les Plaisirs de l'Ile enchantée. — Le Mariage forcé. — L'Amour médecin. — Le Misanthrope. — Le Médecin malgré luy. — Le Sicilien. — Tartuffe. — Amphitryon. — L'Avare. — Georges Dandin. — Monsieur de Pourceaugnac. — Psyché. — Le Bourgeois gentilhomme. — Les Fourberies de Scapin. — Le Malade imaginaire.

462. MOLIÈRE. Suite de 34 figures in-8 de Moreau, pour les *œuvres de Molière*, dont 1 portrait d'après Mignard gravé par Cathelin, plus 2 autres portraits gravés par Hopwood et E. Scriven, et 6 fleurons de titres.

Réimpression de Leclère de la première suite de Moreau de 1773.
Epreuves AVANT LA LETTRE et en triple tirage en noir, en bleu et sanguine, sur papier fort.

463. MOLIÈRE. Trente-quatre estampes dont un portrait, pour les *Œuvres de Molière*, dessinées et gravées à l'eau-forte par Ad. Lalauze. *Paris, D. Morgand et Ch. Fatout*, 1876, in-4, en feuilles dans un carton.

Epreuves d'artiste, tirées à 80 exemplaires sur PAPIER DU JAPON et portant toutes la signature de M. Lalauze.

464. MOLIÈRE. Cinquante vignettes dessinées et gravées à l'eau-forte par V. Foulquier, pour le *Théâtre choisi de Molière*, édition Alfred Mame et fils. *Paris, Morgand et Fatout*, 1878, in-8, en carton.

Tirage hors texte sur PAPIER DU JAPON à 100 exemplaires numérotés à la presse sur chaque vignette.
Epreuves d'artiste ; on a ajouté 24 vignettes de la même suite, tirage hors texte sur PAPIER DE CHINE, et une eau-forte de M. Foulquier : *Scapin présentant ses compliments*, destinée aux souscripteurs.

465. MOLIÈRE. Suite de trente-cinq eaux-fortes, d'après Boucher, gravées par Boilvin, Courtry, Rajon, Gaucherel, Milius, Massard, Greux, Mongin, Le Rat, Martinez, pour l'édition des *Œuvres de Molière*, publiées par Anat. France. *Paris, Lemerre*, figures in-8, en carton.

Epreuves AVANT la lettre en triple tirage, sur Hollande en noir, Whatman en sanguine et Chine en sanguine.

466. MOLIÈRE. Estampes pour les œuvres de Molière, d'après les dessins de Emile Bayard, gravées à l'eau-forte, par P. Teyssonniéres, Ad. Lalauze et J. Dupont. *Paris, D. Morgand*, 1883, in-4 en feuilles.

Suite complète de 25 eaux-fortes, épreuves d'artiste tirées à cent exemplaires numérotés sur PAPIER IMPÉRIAL DU JAPON et signées au crayon par l'éditeur.

467. MOLIÈRE. (Ouvrages sur). 5 vol.

La Troupe du roman comique dévoilée, et les comédiens de campagne au XVIIe siècle, par H. Chardon, 1876, in-8, br. — H. Lavoix. La Première représentation du Misanthrope, 4 juin 1666. *Paris, Alph. Lemerre*, 1877, in-16 br. — Molière en province, étude sur sa troupe ambulante, par Benj. Pifteau. *Paris, L. Willem*, 1879, in-8, br. — Les Comédiennes de Molière, par Arsène Houssaye. *Paris, Dentu*, 1879, in-8, br. — Charles Varlet de la Grange, son registre, 1876, in-8, br.

468. MOLIÈRE. Les Points obscurs de la vie de Molière, par Jules Loiseleur avec un portrait de Molière gravé à l'eau-forte par Ad. Lalauze. — Les Intrigues de Molière et celles de sa femme, ou la fameuse comédienne, histoire de la Guérin, réimpression conforme à l'édition sans lieu ni date, suivie des variantes avec préface et notes par Ch. Livet. *Paris, Isidore Liseux*, 1877, 2 vol. pet. in-8, brochés.

469. MONNIER (Antoine). Eaux-Fortes et rêves creux, sonnets excentriques et poëmes étranges. *Paris, L. Willem*, 1873, in-8, fig., broché.

Exemplaire imprimé sur PAPIER DE HOLLANDE.

470. MONNIER (Henry). Scènes populaires. *Bruxelles, Deprez-Parent*, 1835, 2 vol. pet. in-12, 3 fig. d'Henry Monnier, demi-rel. v. vert. — Manuel de l'amateur d'huitres, par Alex. Martin. *Paris, Audot*, 1828, in-16, lithogr. coloriée d'Henri Monnier, broché. — Ensemble 3 vol.

471. MONNIER (Henry). Les Bas-fonds de la société. *Paris, Claye* 1862, in-8, cartonn. vélin, non rogné.

Cet ouvrage n'a été tiré qu'à 200 exemplaires.

472. MONSELET (Ch.) Les Créanciers, œuvre de vengeance. *Paris, René Pincebourde*, 1870, in-8 de 45 pages, demi-rel. dos et coins de mar. grenat jans. tête dor.

Frontispice d'*Emile Benassit* en triple tirage noir, bistre et sanguine, sur chine.

473. MONTAIGNE. Les Essais. Réimprimés sur l'édition originale de 1588, avec notes, glossaire et index par MM. H. Motheau et D. Jouaust, et précédé d'une note par M. S. de Sacy, portrait

gravé à l'eau-forte par Gaucherel. *Paris, Librairie des Bibliophiles*, 1873-1875, 3 vol. in-8, portrait, brochés, en cartons.

Exemplaire imprimé sur PAPIER WHATMAN.

474. MONTALEMBERT (Comte de). Sainte-Elisabeth de Hongrie, avec une préface par Léon Gautier. *Tours, Alfr, Mame et fils*, 1879, gr. in-8, fig., broché.

Ouvrage orné de 8 chromolithographies, de 28 grandes gravures hors texte et d'environ 130 dessins dans le texte.
Exemplaire imprimé sur GRAND PAPIER VERGÉ DE HOLLANDE.

475. MONTESQUIEU. Lettres persanes. Edition Louis Lacour, imprimée par D. Jouaust. *Paris, Académie des Bibliophiles*, 1869, in-8, broché.

Un des 15 exemplaires imprimés sur PAPIER DE CHINE.

476. MONUMENT DU COSTUME physique et moral de la fin du XVIIIe siècle, ou tableaux de la vie, ornés de vingt-six figures dessinées et gravées par Moreau le jeune, texte par Restif de la Bretonne. — Histoire des mœurs et du costume des francois dans le XVIIIe siècle, ornée de douze estampes dessinées par Freudenberg, texte par Restif de la Bretonne. *Paris, L. Willem*, 1876, in-fol. planches, en feuilles.

Les 2 ouvrages sont imprimés sur PAPIER DE HOLLANDE avec les figures sur chine ; en doubles épreuves, en noir et en bistre.
Ouvrages publiés avec le concours de MM. Charles Brunet et A. de Montaiglon.

477. MORALITÉ de la vendition de Joseph, à quarante-neuf personnages. *A Paris, chez Silvestre*, 1835, 1 vol. format agenda, veau fauve, dos orné, fil, dent. int., tr. dor., armoiries sur les plats. (*Chipot*.)

Réimpression fac-simile à 90 exemplaires numérotés d'après le seul exemplaire connu que possède la Bibliothèque Nationale, imprimée aux frais de M. le prince d'Essling.

478. MOREAU LE JEUNE. L'Œuvre de Moreau le jeune. Notice et catalogue par Henri Draibel, portrait gravé d'après Cochin. *Paris, Rouquette*, 1874, pet. in-8, broché, tiré à petit nombre. — L'Œuvre de Moreau le jeune. Catalogue descriptif avec notes, etc., par Mahérault. *Paris, Ad. Labitte*, 1880, in-8, broché. Ensemble 2 vol.

479. MORTIMER TERNAUX. Histoire de la Terreur. 1762-1794 d'après les documents authentiques. *Paris, Michel Lévy Frères*, 1863-1869, 7 vol. in-8, brochés.

480. MOUTON (Eugène). Histoire de l'Invalide à la tête de bois. — Le Squelette homogène. — Le Bœuf. — Le Coq du clocher,

illustrations de J. Clairin. *Paris, Ludovic Baschet, s. d.*, in-4, fig., broché.

Figures dans le texte et planches hors texte.

481. MOYEN-AGE ET LA RENAISSANCE (Le). Histoire et description des mœurs et usages, du commerce et de l'industrie, des sciences, des arts, des littératures et des beaux-arts en Europe ; publié par MM. Paul Lacroix et Ferdinand Seré. *Paris*, 1851, 5 vol. in-4 planches en noir et en chromolith. demi-rel. mar. noir, plats toile, tr. dor.

Exemplaire contenant la liste des souscripteurs, imprimée en or.

482. MURAILLES RÉVOLUTIONNAIRES (Les) en 1848. Collection complète des professions de foi, affiches, décrets, bulletins de la République, etc. *Paris, chez J. Bry*, 1852, in-4, demi-rel. bas.

483. **MUSÉE DE LA CARICATURE**, ou Recueil des caricatures les plus remarquables, publiées en France depuis le XIVe siècle jusqu'à nos jours, pour servir de complément à toutes les collections de mémoires, calquées et gravées à l'eau-forte sur les épreuves originales du temps par A. Jaime, avec un texte historique et descriptif, par Ch. Nodier, J. Janin, L. Gozlan, L. Reybaud, P. Paris, Ph. Charles, etc., *A Paris, chez Delloye*, 1838, 2 vol. in-4, fig., demi-rel. veau olive.

Ouvrage rare et recherché renfermant plus de 200 planches, dont un grand nombre sont coloriées.

484. **MUSSET** (Alfred de). Œuvres complètes, avec lettres inédites, variantes, notes, index, fac-simile, notice biographique par son frère, ornée de 28 dessins de M Bida et d'un portrait d'Alfred de Musset d'après l'original de M. Landelle, gravés sur acier sous la direction de M. Henriquet-Dupont par les premiers artistes. *Paris, Charpentier*, 1866, 10 vol. gr. in-8, fig. brochés, couvertures.

Edition dédiée aux amis du poète.
Bel exemplaire imprimé sur PAPIER DE HOLLANDE, avec les figures de *Bida* en épreuves AVANT la lettre, sur *chine* — ; et un fascicule-appendice, renfermant 4 cartons pour les volumes III, IV, V et VIII.

485. MUSSET (Alfred de). Œuvres complètes. *Paris, Alph. Lemerre* 1876, 11 vol. in-16, brochés.

486. MUSSET (Alfred de). Œuvres complètes, 10 vol. — Biographie de Alfred de Musset, par Paul de Musset. 1 vol. *Paris, Alph. Lemerre*, 1876-1877, 11 vol. in-16, brochés.

Exemplaire imprimé sur PAPIER DE CHINE avec la suite des 42 eaux-fortes de *Henri Pille* gravées par *L. Monziès*, en double état : AVANT la lettre, noir sur japon et sanguine sur chine.

487. NISARD (D). Histoire de la Littérature française, par D. Nisard. *Paris, Firmin-Didot frères et fils*, 1861, 4 vol. in-8, brochés.

488. NODIER (Charles). Contes. Eaux-fortes par Tony Johannot. *Paris, publié par J. Hetzel*, 1846, gr. in-8, fig., cart. percal. verte, fers spéciaux sur le dos et les plats, tr. dor.

PREMIER TIRAGE des 8 eaux-fortes de *Tony Johannot*, tirées sur chine, avec le nom de l'artiste à la pointe.

489. NODIER (Charles). La Seine et ses bords, vignettes par Marville et Foussereau, publiés par M. A. Mure de Pelanne. *Paris*, 1836, in-8, fig., demi-rel. dos et coins de mar. rouge jans., tête dor., ébarbé.

490. OLIVIER (Jacques). Alphabet de l'imperfection et malice des femmes, reveu, corrigé et augmenté par Jacques Olivier. *Paris, Barraud*, 1876, in-8, fig., broché.

Réimpression publiée par les soins de Gustave Brunet, ornée de 40 eaux-fortes dessinées par *Gilbert*, gravées par *Cattelain* et 22 culs-de-lampe. Exemplaire imprimé sur PAPIER DE CHINE.

491. O'REILLY. Les Deux procès de condamnation, les enquêtes et la sentence de réhabilitation de Jeanne d'Arc, publiés avec notes, notices et documents divers. *Paris, H. Plon* 1868, 2 vol. in-8, brochés.

492. PALUSTRE (Léon). La Renaissance en France, dessins et gravures sous la direction de Eug. Sadoux. *Paris, Quantin*, 1879-1888, 13 livraisons in-fol.

Première livraison. Flandre, Artois, Picardie.
Deuxième livraison. Ile-de-France (Oise).
Troisième livraison. Aisne.
Quatrième livraison. Ile-de-France (Seine-et-Marne).
Cinquième livraison. Fontainebleau.
Sixième livraison. Ile-de-France (Seine-et-Oise).
Septième livraison. Ile-de-France (Seine).
Neuvième livraison. Normandie (Seine-Inférieure et Eure).
Dixième livraison. Normandie (Seine-Inférieure, Eure, Orne, Calvados et Manche).
Treizième livraison. Maine et Anjou.
Quatorzième livraison. Anjou et Poitou (1re partie).

Cette publication est annoncée en 30 livraisons au prix de 25 fr. chacune. Les livraisons 2 et 3 sont en double.

493. PANHARD (F.) Joseph de Longueil, sa vie, son œuvre. Illustré d'un portrait par P. Adolphe Varin et d'une suite de reproductions de gravures. *Paris, Morgand et Fatout*, 1880, gr. in-8 broché.

Un des 130 exemplaires imprimés sur PAPIER DE HOLLANDE.

494. PARENT DUCHATELET. De la Prostitution dans la Ville de Paris. Troisième édition complétée par des documents nouveaux et des notes par A. Trébuchet et Poirat-Duval. *Paris, J.-B. Baillière et fils*, 1857, 2 forts vol. in-8, brochés.

495. PARIS (le comte de). Histoire de la guerre civile en Amérique. *Paris, Michel Lévy fr.*, 1874-1875, 4 vol. in-8, brochés et atlas de 19 planches gravées, in-fol. en 2 livraisons.

496. PARIS. Collection de documents rares ou inédits relatifs à l'histoire de Paris, publiés par MM. le Dr Chereau ; Alfr. Franklin ; V. Dufour ; J. Bonnassies ; P. Lacroix ; Ch. Desmazes. *Paris, Willem*, 1873-1877, 12 vol. pet. in-8, papier de Hollande, brochés.

Ordonnances pour la peste, 1531. — Rues de Paris en 1636. — La Dance macabre au SS. Innocents de Paris. — Les auteurs dramatiques et la Comédie française aux XVII et XVIIIe siècles. — La Fleur des antiquitez de la ville et cité de Paris. — Les rues et les cris de Paris au XIIIe siècle. — Les Ruines de Paris en 4875. — Le Calendrier des confréries de Paris. — Le Bailliage du Palais-Royal de Paris. — Les Six couches de Marie de Médicis. — Une Famille de peintres parisiens aux XIVe et XVe siècles.

497. PARIS A TRAVERS LES AGES ; aspects successifs des monuments et quartiers historiques de Paris, depuis le XIIIe siècle jusqu'à nos jours, fidèlement restitués d'après les documents authentiques par M. F. Hoffbauer, architecte, texte par MM. Ed. Fournier, Lacroix, A. de Montaiglon, J. Cousin, Franklin, Valentin Dufour, etc., *Paris, Firmin Didot*, 1875-1882, 2 tomes en 14 fascicules in-fol., fig. planches en noir et couleurs, en cartons.

Il manque le fascicule 7 (Palais-Royal).

498. PARIS PENDANT LE SIEGE ; Paris sous la Commune ; Paris incendié, notes et eaux-fortes par Martial. 1870-1871, *Paris, Cadart, s. d.*, in-fol., planches gravées avec texte, demi-rel. dos et coins de chag. rouge, tête dor.

Ces 3 séries contiennent chacune 12 planches gravées à l'eau-forte.

499. PARIS PITTORESQUE historique et archéologique ; vues générales et particulières. Eglises, palais, hôtels, maisons et rues anciennes ; dessinées d'après nature et gravées à l'eau-forte par Alfred Delaunay. *A Paris, chez l'auteur*, 1867, in-fol. en feuilles dans un carton.

12 planches gravées à l'eau-forte.

500. PARIS. THÉATRES et CAFÉS. 5 vol.

Les Spectacles forains et la Comédie française, par Jules Bonassies. *Paris, Dentu*, 1875, in-12, br. — Les Cafés politiques et littéraires de Paris, par Aug. Lepage, *Paris, E. Dentu, s. d.*, in-16, br. — Les Spectacles populaires et les artistes des rues, par V. Fournel. *Paris, E. Dentu*, 1863, in-12, br. — L'Ancien boulevard du Temple, par Aug. Challamel. *Paris. s. d.*, in-16, br. — Les Théâtres de Paris, notices et portraits. *Paris. Baillieu, s. d.*, gr. in-8, portr. coloriés, broché.

501. PARIS ET ENVIRONS. Ouvrages divers. 12 vol.

Le Courrier burlesque de la guerre de Paris, envoyé à Mr le Prince de Condé pour divertir son altesse durant sa prison. *Jouxte la copie imprimée à Anvers et se vend à Paris.* 1650, in-4, non rel. — Le Dit des rues de Paris (1300), par Guillot (de Paris), avec préface, notes et glossaire par Edg. Mareuse. *Paris*, 1875, in-16, br. plan. — Privat d'Anglemont. Paris inconnu, Paris anecdote. *Paris, Ad. Delahays*, 1875, 2 vol. in-12 br. — Curiosités de la Cité de Paris, par F. Heuzey. *Paris, Dentu*, 1864, in-12, br. — Les Revenants de la place de Grève, par Aug. Challamel. *Paris, Alph. Lemerre*, 1879, in-12, br. — Journal du siège de Paris en 1590, publié par Alfr. Franklin. *Paris, L. Willem*, 1876, in-8, br. — Souvenirs de l'année 1848, par Maxime du Camp. *Paris, Hachette*, 1876, in-12, br. — Maxime du Camp. La Charité privée à Paris. *Paris, Hachette*, 1885, in-8, br. — Voyage de Paris à Saint-Cloud par mer et retour de Saint-Cloud à Paris, par terre. *Paris, Maillet*, 1865, in-16, br. — Alfred Delvau. Au Bord de la Bièvre. *Paris*, 1873, in-8, br. — Paris et Versailles il y a cent ans par Jules Janin. *Paris, Firmin Didot*, 1874, in-8, br. (Envoi de Mme Jules Janin.)

502. PARODIE DU JUIF-ERRANT, complainte constitutionnelle en dix parties, par Charles Philipon et Louis Huart. 300 vignettes par Cham (de Noé). *Paris, Aubert, s. d.*, (1844), in-12, fig., broché (*couverture illustrée*).

Premier tirage. Les bois de l'édition de Bruxelles, gr. in-8, sont des copies très exactes, mais un peu agrandies, des figures de cette édition.

503. PASCAL (B.). Pensées (édition de 1670), précédées d'un avant-propos et suivies de notes et de variantes, portrait gravé à l'eau-forte par Gaucherel. *Paris, Librairie des bibliophiles*, 1874, in-8, broché, en carton.

Exemplaire imprimé sur papier Whatman.

504. PASCAL. Les Pensées de Blaise Pascal, texte revu sur le manuscrit autographe, avec une préface et des notes par Aug. Molinier. *Paris, Alph. Lemerre*, 1878, 2 vol. in-8, portrait, brochés.

Un des 25 exemplaires imprimés sur papier Whatman.

505. PEINTURE et SCULPTURE. 6 vol.

Le Grand livre des peintres, avec des réflexions sur les ouvrages de quelques bons maîtres, par Gérard de Lairesse. *Paris*, 1787, 2 vol. in-4, bas. — Etude sur Georges Michel, par Alfr. Sensier. *Paris, Alph. Lemerre*, 1873, gr. in-8, fig., br. — Catalogue de l'œuvre d'Adrien Van Ostade, par Faucheux. *Paris*, 1862, in-8, demi-rel. mar. brun. — Thorvaldsen, sa vie et son œuvre, par Eug. Plon. *Paris*, 1874, in-12, br. — Jean Dolent. Petit manuel d'art. *Paris, Lemerre*, 1874.

506. PERRAULT (Charles). Contes, dessins par Gustave Doré, préface par P.-J. Stahl. *Paris, J. Hetzel et Firmin Didot*, 1862, in-fol., demi-rel., dos et coins de mar. brun, tête dor.

Edition ornée de 41 gravures d'après les dessins de *Gustave Doré*, épreuves sur *Chine*,
Premier tirage,

507. PERRAULT (Charles). Les Contes des Fées en prose et en vers. Deuxième édition revue et corrigée sur les éditions originales, et précédées d'une lettre critique par Ch. Giraud. *Lyon, Impr. L. Perrin* (*Paris, Leclère Fils*), 1865, in-8, fig. hors texte et vignettes gravées, dos et coins de mar. rouge, jans., tête dor. non rog.

508. PERRAULT (Charles). Les Contes des Fées, en prose et en vers. Deuxième édition, revue et corrigée sur les éditions originales, précédée d'une lettre critique par Ch. Giraud. *Lyon, Imp. Louis Perrin*, 1865, in-8, portrait et fig., broché, couverture.

509. PERRAULT. Portrait et 16 figures in-8 pour illustrer *Les Contes des Fées*, édition Leclère, 1865.

Double tirage à part sur *Chine* en bleu et en sanguine.

510. PETITS CONTEURS DU XVIIIe SIÈCLE, avec notices bio-bibliographiques, par Oct. Uzanne. *Paris, A. Quantin*, 1878-1882, 12 vol. in-8, portrait, brochés, couvertures, et 12 cartons contenant les figures.

Contes de l'abbé de Voisenon. — Contes du chevalier de Boufflers. — Facéties du comte de Caylus. — Contes dialogués de Crébillon. — Contes de Moncrif. — Contes du chevalier de la Morlière. — Contes de Duclos. — Contes de Cazotte. — Contes de Restif. — Contes du baron de Besenval. — Contes de Fromaget. — Contes de Godard d'Aucour.

Collection complète. Exemplaire imprimé sur PAPIER WHATMAN BLANC avec les eaux-fortes pour chaque conte, en double tirage : en noir avec lettre sur Whatman blanc, et AVANT lettre sur JAPON, en sanguine.

511. PIETERS (Charles). Annales de l'Imprimerie des Elzevier. Seconde édition, revue et augmentée. *A Gand, chez C. Annot-Braeckman*, 1858, in-8, demi-rel. dos et coins de mar. rouge, dos orné, tête dor. (*Brany.*)

512. PIEDAGNEL (Alex.). J.-F. Millet. Souvenirs de Barbizon. Avec un portrait et 9 eaux-fortes. *Paris*, Vve *A. Cadart*, 1876, in-8, fig., broché.

513. PLAQUETTES ornées de gravures à l'eau-forte.

La Rapinéide poème. *Paris, Barraud*, 1870, in-8, fig., br. — J. Poisle Desgranges. Les Sonnets impossibles, avec 12 eaux-fortes, par Alfr. Taïée ; Le Roman à l'eau-forte (par le même) ; Les Péchés capitaux, sonnets (par le même), eaux-fortes d'Alfr. Taïée. *Paris, Bachelin-Deflorenne*, 1873-1875, 3 br. in-8. — Comédiens et comédiennes. La Comédie-Française. Notices biographiques par Fr. Sarcey, portraits gravés à l'eau-forte, par L. Gaucherel. *Paris, Librairie des Bibliophiles*, 1875, 1re série en 15 livraisons (moins la 14e).

514. PLÉIADE FRANÇOISE (La), avec notes et glossaire, par Ch. Marty-Laveaux. *Paris, Alph. Lemerre*, 1876-1898, 24 vol. in-8, brochés.

Cette collection est ainsi composée : Œuvres de Joachim Du Bellay.

2 vol. et appendice. — Œuvres d'Estienne Jodelle. 2 vol. et appendice. — Œuvres de Jean Dorat et de Pontus de Tyard. 1 vol. — Œuvres de Remi Belleau. 2 vol. — Œuvres de Jan Antoine de Baïf. 5 vol. et appendice. — Œuvres de P. de Ronsard. 6 vol. et notice biographique. — La Pléiade française avec notices biographiques et notes, par Ch. Marty-Laveaux. 2 vol.

515. POÉSIES ET CONTES EN VERS. 4 vol. rel. et br.

Les Orientales, par V. Hugo. *Bruxelles, Laurent*, 1838, in-32, chag. rouge, fil., tr. dor. — Th. de Banville. Trentes-six ballades. *Paris, Alph. Lemerre*, 1873, in-8, br. Edition originale. — Comte de Chevigné. Les Contes rémois, dessins de E. Meissonier. *Paris, Alph. Lemerre*, 1874, in-12, broché. — Félix Frank. Le Poème de la jeunesse. *Paris, Mich. Lévy fr.*, 1876, in-12, broché.

516. POÈTES DE RUELLES au XVIIe siècle, publiés par Octave Uzanne. *Paris, Librairie des Bibliophiles*, 1875-1877, 3 vol. pet. in-8, papier de Hollande, brochés.

Poésies de Benserade. — Poésies de Sarasin. — La Guirlande de Julie.

517. PORTALIS (baron Roger). Les Dessinateurs d'illustrations au dix-huitième siècle. *Paris, Damascène Morgand et Ch. Fatout*, 1877, 2 vol. in-8, front. au 1er volume, brochés.

518. PORTALIS (baron Roger). Honoré Fragonard, sa vie et son œuvre. *Paris, J. Rothschild*, 1889, fort vol. in-8, fig., broché, couverture illustrée et en couleurs.

Ouvrage orné de 210 planches, d'après les peintures, estampes et dessins originaux, gravées à l'eau-forte par *Lalauze, Champollion, Courtry, de Mare, Boilvin, Monziès*, etc.

Un des 100 exemplaires imprimés sur papier vélin du Marais, contenant 2 états des eaux-fortes, dont 1 avant la lettre.

519. PORTALIS (le baron Roger) et H. BÉRALDI. Les Graveurs du dix-huitième siècle. *Paris, D. Morgand et Ch. Fatout*, 1880-1882, 3 forts vol. in-8, papier vergé, brochés.

520. POTTIER (André). Histoire de la faïence de Rouen. Ouvrage posthume, publié par les soins de MM. l'abbé Colas, Gust. Gouellain et Raymond Bordeaux, orné de soixante planches imprimées en couleurs, et de vignettes d'après les dessins de Mlle Emilie Pottier. *Rouen, Aug. Le Brument*, 1870, in-4, pl. demi-rel., dos et coins de mar. rouge, jans. tête dor.

58 planches en couleur.

521. POULET MALASSIS (A). Les Ex-Libris français depuis leur origine jusqu'à nos jours, nouvelle édition augmentée et ornée de vingt-quatre planches. *Paris, P. Rouquette*, 1875, in-8, br. et album de planches in-8.

On y a joint le texte de la première édition sur papier de Hollande.

522. PRÉVOST (Abbé). Histoire de Manon Lescaut et du chevalier Des Grieux. Edition illustrée par Tony Johannot. *Paris, Ern.*

Bourdin et Cie, s. d., (1839), in-8, fig., mar. vert avec fers spéciaux sur le dos et les plats, tr. dor.

PREMIER TIRAGE, avec les figures sur papier de Chine.

523. PRÉVOST (Abbé). Histoire de Manon Lescaut et du chevalier Des Grieux. *Paris, Alph. Lemerre*, 1870, in 16, portrait, mar. rouge. fil à fr. fleurons et milieux or, dent. int., tr. dor. (*Smeers*).

524. PRÉVOST (Abbé). Histoire de Manon Lescaut et du chevalier Des Grieux, précédée d'une étude par Arsène Houssaye. Six eaux-fortes par Hédouin. *Paris, Lib. des Bibliophiles*, 1874, 2 vol. pet. in-8, brochés.

Un des 170 exemplaires imprimés sur PAPIER DE HOLLANDE avec les eaux-fortes AVANT et avec la lettre.

525. PRÉVOST (Abbé). Histoire de Manon Lescaut et du chevalier Des Grieux, précédée d'une préface par Alexandre Dumas fils, *Paris, Glady frères*, 1875, in-8, fig., broché.

Edition revue sur les textes originaux, accompagnée de variantes et d'une notice, par Anatole de Montaiglon, ornée de 11 planches dessinées et gravées à l'eau-forte par *L. Flameng*.
Un des 50 exemplaires imprimés sur PAPIER DE CHINE.

526. PRÉVOST (Abbé). Histoire de Manon Lescaut. *Paris, Glady frères*, 1875, in-8, fig., dessinées et gravées à l'eau-forte par L. Flameng, broché.

527. PRÉVOST. Suite de 1 portrait et 8 figures in-16 de Lefèvre gravées par Coiny, pour illustrer l'*Histoire de Manon Lescaut*.

Tirage moderne de la suite de 1797, épreuves sur chine, remontées gr. in-8.

528. PRÉVOST. 12 figures in-8, dessinées et gravées par Chauvet.

Tirage en bistre sur PAPIER DE CHINE, avant la lettre.

529. QUÉRARD (J.M.). La France littéraire. *Paris, Firmin Didot*, 1827-1864, 12 vol. in-8, demi-rel. veau fauve, tr. jasp.

530. QUÉRARD et BARBIER. Les Supercheries littéraires dévoilées par J. M. Quérard, seconde édition, considérablement augmentée, publiée par MM. Gustave Brunet et Pierre Jannet, suivie du Dictionnaire des ouvrages anonymes, par Ant. Alex. Barbier, etc., *Paris, P. Daffis*, 1869-1878, 7 tomes en 14 vol. in-8 à 2 col. brochés.

531. QUEVEDO-VILLEGAS (Don Francisco de). Histoire de Don Pablo de Segovie surnommé l'aventurier Buscon, traduite de l'espagnol et annotée par A. Germond de Lavigne, vignettes de Henry Emy, gravées par A. Baulant. *Paris, Ch. Warée*,

1843, in-8, fig., demi-rel. chag. vert, dos orné, fil., tête dor. ébarbé.

Exemplaire de PREMIER TIRAGE.

532. QUICHERAT (J.). Histoire du costume en France, ouvrage contenant 481 gravures dessinées sur bois par Chevignard, Pauquet et P. Sellier. *Paris, Hachette*, 1875, gr. in-8, fig., broché.

533. RABELAIS. Les Quatre livres de Maistre François Rabelais, suivis du manuscrit du cinquième livre, publiées par les soins de MM. A de Montaiglon et Louis Lacour. *Paris, Académie des Bibliophiles*, 1868-1872, 3 vol. in-8, brochés.

Un des 30 exemplaires imprimés sur GRAND PAPIER WHATMAN.

534. RABELAIS. Œuvres. Texte collationné sur les éditions originales avec une vie de l'auteur, des notes et un glossaire. Illustrations de Gustave Doré. *Paris, Garnier fr.*, 2 vol. in-fol. fig., cart. percal. rouge, fers spéciaux sur les dos et les plats, ébarbés.

PREMIER TIRAGE.

535. RABELAIS. Dix-sept gravures sur acier, pour les *œuvres de Rabelais, éditées par L. Willem, libraire à Paris*, in-fol. en carton.

Epreuves *avant* la lettre, tirées in-fol. sur CHINE.

536. RACINE (J.) Œuvres. Nouvelle édition augmentée de morceaux inédits, variantes, notices, lexique, etc.. par M. Paul Mesnard. *Paris, L. Hachette*, 1865-1873, 8 vol. in-8 et album gr. in-8, demi-rel. dos et coins de mar. rouge, dos ornés, têtes dor. ébarbés.

De la collection *les grands écrivains de la France.*

537. RACINE (J.). Œuvres, texte original avec variantes, notice par Anatole France. *Paris, Alph. Lemerre, s. d.*, 5 vol. in-16, portrait, mar. rouge, fil. sur les plats, fleurons et milieux dorés, dent. int. tr. dor. (*Smeers.*)

538. RACINE (J.). Théâtre, orné de vignettes gravées à l'eau-forte sur les dessins d'Ernest Hillemacher, par Frédéric Hillemacher. *Paris, Lib. des Bibliophiles*, 1873-1874, 4 vol. in-8, brochés.

Undes 100 exemplaires imprimés sur PAPIER DE HOLLANDE.

539. RACINE. 13 eaux-fortes d'après Gravelot, gravées par Monziès Martinez et Lemaire pour illustrer *le Théâtre*, édition Alph. Lemerre, dans un carton.

Epreuves AVANT la lettre, tirées in-4 sur chine.

540. RACINE (J.). 1 portrait et 12 figures in-8 de *Le Barbier*, pour illustrer *les œuvres*.

Nouveau tirage sur CHINE de la suite de 1796.

541. **RACINET**. Le Costume historique, cinq cents planches, trois cents en couleurs, or et argent, deux cents en camaïeu. Types principaux du vêtement et de la parure rapprochés de ceux de l'intérieur de l'habitation dans tous les temps et chez tous les peuples, avec de nombreux détails sur le mobilier, les armes, les objets usuels, les moyens de transports. etc. Recueil publié sous la direction de M. A. Racinet. *Paris, Firmin Didot et C*[ie], 1888, 6 vol. in-fol. en 20 fascicules, en cartons.

Ouvrage complet formant 6 volumes, dont 5 de planches (à cent planches avec notices par volume), et un de texte.

542. RECUEIL CLAIRAMBAULT-MAUREPAS. Chansonnier historique du XVIIIe siècle, publié avec introduction, commentaire, notes et index par Em. Raunié. *Paris, A. Quantin*, 1879-1884, 9 vol. pet. in-8, papier de Hollande, portraits, brochés.

Manque le 10e volume : *Le règne de Louis XVI*, 1781-1789.

543. RECUEIL de pièces rares et facétieuses, anciennes et modernes, en vers et en prose, remises en lumière pour l'esbattement des Pantagruélistes avec le concours d'un bibliophile. *Se vend à Paris, chez A. Barraud*, 1872, 4 vol. in-8, fig., demi-rel. dos et coins de mar. vert, dos ornés, têtes dor. ébarbés.

544. RECUEIL général et complet des Fabliaux des XIIIe et XIVe siècles, imprimés ou inédits, publiés d'après les manuscrits par M. Anatole de Montaiglon et Gaston Raynaud. *Paris, Librairie des Bibliophiles*, 1872-1883, 4 vol. in-8, brochés.

Tomes I, II, IV et V, imprimés sur PAPIER DE HOLLANDE.

545. REDOUTÉ. Choix des plus belles fleurs prises dans différentes familles du règne végétal, et de quelques branches des plus beaux fruits, gravées, imprimées en couleur et retouchées au pinceau ; dedié à LL. AA. RR. les princesses Louise et Marie d'Orléans par J. Redouté. *Paris, l'auteur*, 1827, in-4, veau vert, comp. à fr. gardes et doublure de moire verte, dent., tr. dor.

Bel ouvrage contenant 144 planches, et publié en 36 livraisons de 4 planches, accompagné d'une table alphabétique et explicative.

546. **REDOUTÉ**. Les Roses, par J. Redouté, peintre de fleurs, avec le texte par Ant. Thory. *Paris, de l'Imprimerie de Firmin-*

Didot, 1817-1824, 3 vol. in-fol. planches, demi-rel. mar. rouge, dos ornés. (*Rel. de l'époque*).

Ouvrage de la plus grande beauté, orné d'un portrait de Redouté gravé par *Pradier* d'après *Gérard*, un frontispice et 168 planches gravées et coloriées avec soin.

Au bas du faux-titre du tome 1er se trouve une note de l'auteur ainsi conçue : *Cette* (sic) *exemplaire est un des premiers tirages et des plus beaux. Redouté.*

547. REGNIER. Œuvres complètes. Nouvelle édition avec le commentaire de Brossette. *Paris*, *Lequien*, 1822, in-8, demi-rel. veau brun. — Œuvres de Mathurin Regnier, texte original avec notice, variantes et glossaire, par E. Courbet. *Paris, Alph. Lemerre*, 1869, in-16, demi-rel. mar. bleu avec coins, dos orné, tête dor. — Ensemble 2 vol.

548. RÉGNIER. Œuvres de Mathurin Regnier, texte original avec notice, variantes et glossaire par E Courbet. *Paris, Alph. Lemerre*, 1869, in-16, portrait mar. rouge, fil. à fr. fleurons et milieux dorés, dent. intr., tr. dor. (*Smeers*).

549. RÉGNIER. Œuvres complètes de Mathurin Régnier, accompagnées d'une notice biographique et bibliographique, de variantes, de notes, d'uu glossaire et d'un index par E. Courbet. *Paris, Alph. Lemerre*, 1875. in-8, broché.

Un des 30 exemplaires imprimés sur GRAND PAPIER WHATMAN.

550. RÉIMPRESSIONS D'OUVRAGES RARES ET CURIEUX. 14 vol.

La Patenostre des verollez, in-16, tiré à 57 exemplaires. — Bibliothèque facétieuse, historique et singulière. *Paris, Claudin*, 1858, in-16, demi-rel., mar. or. — La Seizième joye de mariage, 1866, in-16, cart. — Le Lion d'Angélie, par P. Corneille Blessebois, publié par Marc de Montifaud. *Bruxelles, s. d.*, in-8, br. — Le Cocu en herbe et en gerbe, par le sieur Dumas. *Turin*, 1871, in-16, demi-rel., mar. orange. — Eloge du sein des femmes, par Mercier de Compiègne. *Paris, Barraud*, 1873, in-8 br. — La Macette du sieur de l'Espine, poème satirique. *Paris, Alph. Lemerre*, 1875, in-12, br. — La Vraie farce de maitre Pathelin, par Ed. Fournier. *Paris, Jouaust*, 1873, in-12 br., imprimé sur papier de Hollande. — Sermons de Frère Michel Menot sur la Madeleine. *Paris, Fournier*, 1832, in-8, br. — Le Tracas de la Foire du Pré. *Paris, Pinard*, in-16, tiré à 60 exemplaires sur papier de Hollande, demi-rel. mar. vert. — Opuscules historiques relatifs à Jeanne-d'Arc. *Paris, Aubry*, 1856, pet. in-8, cart. — La Journée des Madrigaux. *Paris, Aubry*, 1856, pet. in-8. — L'Enlèvement innocent ou la retraite clandestine de M. le Prince, etc. *Paris, Aubry*, 1859, pet. in-8, cart. — Cahiers de remarques sur l'orthographe francoise. *Paris, Gay*, 1863, in-16, demi-rel., mar. bleu.

551. RÉIMPRESSIONS. 3 vol.

Bigorne q̃ mange to' les hões q̃ font le cõmãdemẽt de leurs femmes *s. l. n. d.*, in-4 de 4 ff. vélin. (Réimpression fac-simile de la première édition de ce dialogue facétieux. — L'Alphabet de la mort de Hans Holbein, publié par Anat. de Montaiglon. *Paris, Tross*, 1856, in-8, fig., cart. — La Grande danse macabre des hommes et des femmes. *Paris, Baillieu, s. d.*, in-4, br. Réimpression de l'édition de 1486. — Ensemble 3 vol.

552. RÉIMPRESSIONS. 3 vol.

Rondeaulx et vers d'amour, par Jehan Marion, poète nivernois du XVI

siècle, publié par Pr. Blanchemain. — Ferry Julyot. Les Elégies de la Belle fille, publiées d'après l'édition originale de 1557. — Le Triumphe de haulte et puissante dame Vérolle, nouvelle édition avec préface et glossaire, par M. Anat. de Montaiglon. *Paris, L. Willem*, 1873-1874. — ensemble 3 vol. pet. in-8, papier de Hollande, brochés.

553. RETZ (Cardinal de). Œuvres. Nouvelle édition revue et augmentée de morceaux inédits, etc., par M. Alph. Feillet. *Paris, Hachette et Cie*, 1870-1887, 8 vol. in-8, brochés.

De la collection : *Les grands écrivains de la France*.
Il manque les tomes V et X.

554. REVEIL. Musée de peinture et de sculpture, avec des notices descriptives, critiques et historiques, par L. et René Ménard. *Paris, Vve A. Morel*, 1872, 10 vol. in-12, fig., brochés.

555. REVUE ARCHÉOLOGIQUE, ou recueil de documents et de mémoires relatifs à l'étude des monuments et à la philologie de l'antiquité et du Moyen-Age. *Paris, A. Leleux*, 1844 (origine) à 1867, 48 vol. in-8, demi-rel. dos et coins de chag. rouge, comp. de filets sur les dos, têtes dor., ébarbés.

Première série : 1844-1866, 16 tomes en 32 vol. — Seconde série : 1860-1867, 16 vol.
Bel exemplaire.

556. ROCHAMBEAU (A. de). La Famille de Ronsard, recherches généalogiques, historiques et littéraires sur P. de Ronsard et sa famille, *Paris, Franck*, 1868, in-8, broché.

Exemplaire numéroté, imprimé sur PAPIER DE HOLLANDE.

557. ROMANS CONTEMPORAINS, édités par Dentu, Charpentier, Lacroix, Marpon, etc., en éditions originales. 12 vol. in-12 brochés.

Champfleury. Madame Eugenio, 1874. — Le Secret de M. Ladureau, 1875. — Souvenirs et portraits de jeunesse, 1872. — Eug. Chavette. Les petites comédies du vice; Les Bêtises vraies; Nous marions Virginie, 1879. — Gustave Flaubert. Trois contes, 1877. Imprimé sur papier de Hollande. — V. Fournel. Vacances d'un journaliste. — Abel Hermant. M. Rabosson, 1884. — L. Jacolliot. Voyage au pays des Bayadères, 1873. — Mme Kibrizli-Méhémet-Pacha. Trente ans dans les harems d'Orient, 1875. — Gaston Lèbre. Causes grasses et causes maigres. — V. Tissot. L'Allemagne amoureuse, 1893. — Villemessant. Mémoires d'un journaliste. Première série. Souvenirs de jeunesse, 1872. — Les Tribunaux comiques, par Jules Moinaux. *Paris*, 1882.

558. ROMANS ET CONTES CONTEMPORAINS. 5 vol. br. et rel.

Bug Jargal, par l'auteur de Han d'Islande (Victor Hugo). *Paris, Urb. Canel*, 1826, in-16, front. demi-rel., chag. brun. ÉDITION ORIGINALE. — Mademoiselle Mimi Pinson, suivi d'un merle blanc. *Paris, Mich. Lévy fr.*, 1858, in-16, demi-rel., chag. bleu. — Contes choisis, par Alph. Daudet, avec 2 eaux-fortes de Edm. Morin. *Paris, Charpentier*, 1877, in-24, br. — Eug. Mouton (Mérinos). Voyages et aventures du capitaine Marius Congourdan. *Paris*, 1879, pet. in-8 br. — Alph. Daudet. Tartarin sur les Alpes, illustré d'aquarelles. *Paris. Calm. Lévy*, 1885, in-8, demi-rel.

559. ROMANTIQUES EN EDITIONS ORIGINALES. 5 vol. br.

Caliban, par deux ermites de Ménilmontant (Ed. Pouyet et Ch. Ménétrier) *Paris, Denain*, 1833, 2 vol. in-8, cart. — Les Bariolés, par Pascal Thorre. *Paris, Delongchamps*, 1833, 2 vol. in-8, br., couvertures. — Une Couronne en songe par le fils d'un girondin. *Paris, Fél. Locquin*, 1843, in-8, fig., br., couverture.

560. ROUEN ILLUSTRÉ, par P. Allard, l'abbé A. Loth, Vte R. d'Estaintot, P. Baudry, N. Beaurain, J. Adeline, J. Felix, L. Palustre, de Beaurepaire, F. Bouquet. *Rouen, Augé*, 1880, in-fol. en livraisons.

Edition de luxe imprimée à 180 exemplaires numérotés sur papier de Hollande, avec encadrement rouge à chaque page.
Un des 30 premiers exemplaires contenant les 24 eaux-fortes de *Jules Adeline, Brunel-Debaisne, E. Nicolle* et *H. Toussaint*, avec la lettre sur papier de Hollande, et avant la lettre sur chine montées sur bristol et sur papier de chine volant.

561. ROUJOUX (De) et MAINGUET. Histoire d'Angleterre, par MM. de Roujoux et Alfr. Mainguet. *Paris, Ch. Hingray et Furne*, 1847, 2 vol. gr. in-8, fig., demi-rel. charg. vert, plats toile, tr. dor.

562. ROUSSET (Camille). Histoire de Louvois et de son administration politique et militaire. *Paris, Didier*, 1862-63, 4 vol. in-8, demi-rel. veau fauve, tr. jasp.

563. SAINT-JULIEN (Ch. de). Voyage pittoresque en Russie, suivi d'un voyage en Sibérie, par M. R. Bourdier. Illustrations de MM. Rouargue, Outwaith et Kernot. *Paris, Belin-Leprieur et Morizot*, 1854, gr. in-8, fig., cart. percal. noire, fers spéciaux sur le dos et les plats, tr. dor.

PREMIER TIRAGE.

564. SAINT-PIERRE (J.-H. Bernardin de). Paul et Virginie, suivi de la Chaumière indienne, du Café de Surate, du Voyage en Silésie, de l'Éloge de mon ami et du Vieux paysan polonais. *Paris, Méquignon Marvis*, 1823, in-8, figures de Desenne, veau fauve, dos orné, dent. à froid avec fleuron de milieu, tr. dor. (*Lesné*.)

565. SAINT-PIERRE (J.-H. Bernardin de). Paul et Virginie (et la Chaumière Indienne). *Paris, L. Curmer, rue Richelieu*, 1838, gr. in-8., carte, fig. et pl. gr., mar. noir, comp. dorés et à froid sur les plats, tr. dor. (*Rel. de l'époque*).

Bel ouvrage orné de nombreuses vignettes sur bois intercalées dans le texte, de planches hors texte, sur Chine, la légende imprimée sur des papiers de soie, le tout gravé par des artistes anglais et français et de 7 portraits : celui du Docteur est par *Meissonier*.
A la fin de la *Chaumière indienne*, se trouve le médaillon de Madame Curmer.

566. SAINT-PIERRE (B. de). Paul et Virginie, précédé d'une étude sur les origines de *Paul et Virginie*, par S. Cambray. Eaux-fortes de Laguillermie. *Paris, Librairie des Bibliophiles*, 1878, pet. in-8, broché.

Un des 170 exemplaires imprimés sur GRAND PAPIER DE HOLLANDE, avec les eaux-fortes AVANT et avec la lettre.

567. SAINT-PIERRE (Bernardin de). 7 eaux-fortes dessinées et gravées par Edm. Hédouin, pour *Paul et Virginie*, édition Alph. Lemerre.

Épreuves AVANT la lettre, tirées in-4 sur Chine.

568. SAINT-SIMON. Mémoires. Nouvelle édition augmentée, notes et appendices par A. de Boislisle. *Paris, Hachette*, 1879-1891, 7 vol. in-8, brochés.

De la Collection *Les grands écrivains de la France*.
Tomes I à III, V à VIII.

569. SAONE (La) et ses bords, album dessiné par MM. Foussereau et Marville, gravé par M. Poret, publié par M. Alex. Mure de Pelanne. *Paris, s. d.*, in-8. demi-rel. dos et coins de mar. rouge, jans. tête dor. (*David*.)

70 pages de texte, une table et 24 planches.

570. SATYRE MENIPPÉE (La), ou la vertu du catholicon selon l'édition princeps de 1594, édition nouvelle avec introduction et éclaircissements par M. Ch. Read. *Paris, Librairie des Bibliophiles*, 1876, in-16, portrait, broché, couverture.

De la *Nouvelle Bibliothèque classique des éditions Jouaust*.
Exemplaire imprimé SUR GRAND PAPIER DE HOLLANDE.

571. SCÈNES DE LA VIE PRIVÉE et publique des animaux, vignettes par Grandville. Etudes de mœurs contemporaines publiées sous la direction de M. P. J. Stahl, avec la collaboration de MM. de Balzac, J. Janin, Ch. Nodier, etc. *Paris, J. Hetzel*, 1844, 2 vol. gr. in-8, fig., demi-rel. chagr. brun, dos ornés, tr. jasp.

Le tome 2me porte un titre de premier tirage (1842).

572. SCOTT (Walter). Œuvres. Traduction Defauconpret. *Paris, Pagnerre, Perrotin*, 1848-1851, 25 vol. in-8, fig., demi-rel. chag. vert, tr. jasp.

573. SÈVE (Maurice). Delie, objet de plus haute vertu, poésies amoureuses, par Maurice Sève, lyonnais. *Lyon, Scheuring*, 1862, pet. in-8, port. et fig., broché.

Imprimé à 205 exemplaires.

574. SÉVIGNÉ (Madame de). Lettres de Madame de Sévigné, recueillies et annotées par M. Monmerqué, augmentées de lettres

inédites, notice, lexique, etc. *Paris, L. Hachette*, 1862-1866, 14 vol. in-8 et album gr. in-8, demi-rel. dos et coins de mar., grenat foncé, dos ornés, têtes dor., ébarbés.

De la *Collection des grands écrivains de la France*. Les tomes XIII et XIV contiennent le Lexique de la langue de Mme de Sévigné, par E. Sommer.
On a joint de la même collection : Lettres inédites de Madame de Sévigné, publiées par Ch. Capmas. *Paris, Hachette*, 1876, 2 vol. in-8, br.

575. SHAW (Henry). The decorative arts ecclesiastical and civil of the middle age. *London, William Pickering*, 1851, in-8.

41 planches hors texte noires et en couleurs, et fig. dans le texte.

576. SIEURIN (J.) Manuel de l'amateur d'illustrations. Gravures et portraits pour l'ornement des livres français et étrangers. *Paris, Ad. Labitte*, 1875, in-8, broché.

Exemplaire imprimé sur PAPIER DE HOLLANDE.

577. SIRET (Ad.). Dictionnaire historique des peintres de toutes les écoles, depuis l'origine de la peinture jusqu'à nos jours. *Paris, F. Daffis* et *A. Lacroix*, 1874, gr. in-8 à 2 col. demi-rel. avec coins mar. noir, tête dor.

Un des 100 exemplaires sur PAPIER VERGÉ DE HOLLANDE.

578. SISMONDI. Histoire des Républiques italiennes du Moyen-Age, par J.-C.-L. Simonde de Sismondi. *Paris, Furne, Treuttel et Wurtz*, 1840, 10 vol. in-8, demi-rel. veau olive, tr. mar.

579. SOCIÉTÉ DES ANCIENS TEXTES FRANÇAIS. *Paris, Firmin Didot*, 1875-1886, 39 vol. in-8, cart. perc. brune, non rog. et album in-fol. cart.

Brun de la Montaigne. — Chansons du XVe siècle. — Les Sept sages de Rome. — Miracle de Nostre-Dame, 7 vol. — Aiol. — Le Débat des hérauts d'armes. — Guillaume de Palerme. — Le Saint voyage de Jherusalem. — Œuvres complètes de Eustache Deschamps, 5 vol. — Le Mistère du vieil Testament, 5 vol. — Elie de Saint-Gille. — Chronique du Mont Saint-Michel, 4 vol. — La Vie de Saint Gilles. — Daurel et Beton. — Raoul de Cambrai. — Le Dit de la panthère d'amour. — Œuvres poétiques de Beaumanoir, 2 vol. — La mort d'Aymeri de Narbonne. — L'Evangile de Nicodème. — Merlin, 2 vol. — Œuvres poétiques de Christine de Pisan, tome 1er. — Fragments d'une vie de Saint Thomas de Cantorbéry, publiés par M. P. Meyer. — Les plus anciens monuments de la langue française (IX, Xe siècles, publiés avec un commentaire philologique, par Gaston Paris. Album in-fol., cart.

580. STERNE. Voyage sentimental, traduction nouvelle précédée d'un essai sur la vie et les ouvrages de Sterne par M.-J. Janin. Edition illustrée par MM. Tony Johannot et Jacques. *Paris, Ern. Bourdin, s. d.* (1841), in-8, fig., demi-rel. chag. rouge avec coins, tr. jaspées.

Exemplaire du PREMIER TIRAGE imprimé sur PAPIER DE CHINE.
Rare.

581. STERNE. Voyage sentimental en France et en Italie, traduction par Alfr. Hédouin, six eaux-fortes par Edm. Hédouin. *Paris, Libr. des Bibliophiles*, 1875, in-8, fig., broché.

De la *Petite Bibliothèque artistique*.
Un des 15 exemplaires imprimés sur GRAND PAPIER DE CHINE, figures en double épreuve, avec et AVANT la lettre.

582. STERNE. Voyage sentimental en France et en Italie. Traduction nouvelle par Alfred Hédouin. Six eaux-forte par Edmond Hédouin. *Paris, Libr. des Bibliophiles*, 1875, in-8 broché.

Un des 170 exemplaires imprimés sur GRAND PAPIER DE HOLLANDE, avec les eaux-fortes AVANT et avec la lettre.

583. SULLY (duc de). Mémoires. *Paris, Etienne Ledoux*, 1822, 6 vol. in-8, portrait, demi-rel. veau olive, non rogné.

584. SWIFT. Voyages de Gulliver. *Paris, Alph. Leclère*, 1860. 2 tomes en 4 vol. in-16, fig., demi-rel. mar. rouge, têtes dor., ébarbés.

Exemplaire imprimé sur GRAND PAPIER VÉLIN, tiré à 150 exemplaires avec 6 figures (sur 9) de *Lefebvre*, dont 4 avant la lettre et 2 avec la lettre.

585. TALLEMANT DES RÉAUX. Les Historiettes. Troisième édition entièrement revue sur le manuscrit original disposée dans un nouvel, ordre et précédée d'une notice historique et littéraire inédite sur l'auteur, par MM. Paulin Paris et de Monmerqué. *Paris, J. Téchener*, 1865, 6 vol. gr. in-12, brochés.

586. THAUSING (Moriz). Albert Durer, sa vie et ses œuvres, traduit de l'allemand, avec l'autorisation de l'auteur par Gustave Gruyer. *Paris, Firmin Didot*, 1878, gr. in-8, nomb. illust., broché.

587. THÉATRE LYONNAIS DE GUIGNOL (par Laurent Mourguet, Jacques Mourguet son fils, Louis Jausserand, son gendre, Louis et Laurent Morguet, ses petits-fils, et Victor-Napoléon, Vuillerme-Durand, beau-frère du dernier.) *Lyon, N. Scheuring*, 1865-1870, 2 vol. in-8, vignettes gravées à l'eau-forte, brochés.

Publié pour la première fois avec une introduction et des notes par M. Claude Brouchoud, avocat.

588. THÉATRE (Pièces de). Em. Augier. La Contagion ; Paul Forestier. — Alexandre Dumas fils. Denise ; Francillon. — Fr. Ponsard. Galilée. — Vict. Sardou. Daniel Rochat. *Paris, Michel et Calmann Lévy*, 1868-1887, 6 vol. in-8, brochés.

ÉDITIONS ORIGINALES, avec les couvertures.

589. THIERRY (Augustin). Œuvres complètes. *Paris, Furne*, 1851, 5 vol. in-8, portrait, demi-rel. chag. bleu, comp. de fil. sur les dos, tr. jasp.

Conquête de l'Angleterre, 2 vol. — Récits des temps Mérovingiens. — Histoire du Tiers-Etat. — Lettres sur l'histoire de France.

590. THIERS. (A.) Histoire de la Révolution française. *Paris, Furne*, 1827, 10 vol. in-8, fig., demi-rel. veau violet.

591. THIERS (A.) Histoire du Consulat et de l'Empire. *Paris, Paulin*, 1845, *Lheureux*, 1862, 20 vol. in-8, demi-rel. veau fauve.

592. TOUR DU NORD (La). Conte traduit d'un manuscrit du temps par Aug. Cordier. *Paris, Alph. Lemerre*, 1875, in-4 de 27 ff. broché.

Texte imprimé en caractères gothiques, avec encadrements imités des manuscrits.

593. TOURAINE (La). Histoire et monuments, publié sous la direction de M. l'abbé J.-J. Bourassé. *Tours, Mame et Cie*, 1856, in-fol., fig., demi-rel. mar. rouge chiffre du Mis de la Borde sur le dos de la reliure, tête dor., ébarbé.

15 gravures sur acier, dont une carte du département d'Indre-et-Loire, 4 chromolithographies et nombreuses gravures sur bois dans le texte. Illustrations de MM. *Karl Girardet* et *Français*.

594. TOUR ALONG THE RHINE (A Picturesque) from Mentz to Cologne : with illustrations of the scenes of remarkable events and of popular traditions, by baron J. J. Von Gerning. Embellished with twenty-four highly finished and coloured engravings from the drawings of M. Schuetz and accompanied by a map. Translated from the german, by Joh Black. *London. Ackermann*, 1820, in-4, planches en couleurs, demi-rel. bas. rouge, non rogné.

Planches tirées en couleurs.

595. **TRÉSOR** (Le) artistique de la France. (Musée national du Louvre, galerie d'Apollon). Publié sous la direction de M. P. Dalloz. *Paris, Librairie du Moniteur universel*, 1883, ouvrage en 12 fascicules gr. in-fol. et en cartons.

Belle publication entreprise avec la collaboration de MM, P. de Saint-Victor, Maxime du Camp, P. Mantz, G. Berger, Garnier, G. Lafenestre, J. Guiffrey, de Lajolais, etc.

Première série, seule publiée, en 12 fascicules contenant 39 planches d'objets d'art reproduits par la photochromie, accompagnées d'un texte explicatif.

596. TRIOMPHES (Les) de l'Abbaye des conards avec une notice sur la fête des fous par Marc de Montifaud. — Voyages fantastiques de Cyrano Bergerac publiés avec une introduction et des notes, par Marc de Montifaud. — Discours de la bataille de Garennes en mars 1590 par Mgr et le roy de Navarre, publié par E. Halphen. *Paris, Librairie des Bibliophiles*, 1874-1875, 3 vol. in-12, papier de Hollande, brochés.

597. UZANNE (Oct.) Documents sur les mœurs du XVIIIe siècle. *Paris, Quantin*, 1879, 2 vol. gr. in-8, brochés.

La Chronique scandaleuse. — Anecdotes sur la comtesse Du Barry.
Exemplaires imprimés sur PAPIER WHATMAN.

598. VADE. La Pipe cassé, poëme epitragipoissardiheroïcomique, *Paris, Leclère,* 1866, pet. in-8, vignettes, dos et coins de mar. orange, tête dor., non rog.

Edition imprimée à 200 exemplaires.

599. VAN OSTADE sa vie et son œuvre par Ars. Houssaye, vingt eaux-fortes par Van Ostade, Charles Jacque et Subercase. *Librairie à Estampes, Jules Maury et Cie*), *s. d.*, (1874), in-4 en livraisons.

Ouvrage imprimé à 100 exemplaires.

600. VAULABELLE (A. de). Histoire des deux Restaurations jusqu'à l'avènement de Louis-Philippe. *Paris, Garnier Frères, s. d.*, 8 vol. in-8, demi-rel. chag. r., tr. mar.

601. VECELLIO. Costumes anciens et modernes. Habiti antichi et moderni di tutto il mondo di Cesare Vecellio. *Paris, Typographie de Firmin Didot*, 1860, 2 vol. in-8, port., demi-rel. mar. vert, tête dor.

Edition reproduisant exactement tous les costumes, (au nombre de 518), figurés dans les trois premières éditions, dessinés par M. *Séguin* et gravés sur bois par M. *Hugot*.

602. VEUILLOT (Louis). Jésus-Christ, avec une étude sur l'art chrétien par E. Cartier. *Paris, Firmin Didot fr.* 1875, gr. in-8, fig., broché.

Ouvrage contenant 180 gravures exécutées par *Hugot* et 16 chromolithographies d'après les monuments de l'art.
Exemplaire imprimé sur GRAND PAPIER.

603. VEYRASSAT (J.). Eaux-fortes. *Paris, Cadart, s. d.*, pet. in-fol. obl. en livraison.

14 planches AVANT la lettre sur PAPIER DE HOLLANDE.

604. VICENCE (duc de). Souvenirs recueillis et publiés par Charlotte de Sor. *Paris, Alph. Levasseur et Cie*, 1837, 2 vol. in-8, brochés.

605. VIE ET L'ŒUVRE DE CHINTREUIL (La) par A. de La Fizelière, Champfleury, F. Henriet. *Paris, Cadart.* 1874, in-fol. broché.

Un des 60 exemplaires imprimés sur PAPIER DE HOLLANDE, orné de 40 eaux-fortes par *Martial, Beauverie, Taiée, Ad. Lalauze, Saffray, Selle, P. Roux*.

606. VILLE-HARDOUIN (G.) La Conquête de Constantinople avec la continuation de Henri de Valenciennes, texte original, accompagné d'une traduction par M. Natalis de Wailly. *Paris, Firmin Didot*, 1872, gr. in-8, carte, demi-rel. dos et coins de chag. vert, tête dor. ébarbé.

607. VIOLLET-LE-DUC. Dictionnaire raisonné de l'Architecture

française du XIe au XVIe siècle. *Paris, Morel,* 1867-1868, 10 vol. in-8, nomb. illust., dos et coins de mar. rouge, tête dor. non rognés (*Bertrand*).

Bel exemplaire.

608. VIOLLET-LE-DUC. Dictionnaire raisonné du mobilier français de l'époque carlovigienne à la Renaissance. *Paris, Vve A. Morel,* 5 vol. in-8 fig. et planches en chromolith., demi-rel. dos et coins de mar. vert, dos ornés, têtes dor.

Exemplaire incomplet du tome VI.

609. VOLTAIRE. La Pucelle d'Orléans, poëme en vingt-un chants par Voltaire. Edition ornée de figures gravées par Duplessis Berthault. *Paris, Leclère,* 1865, 2 vol. in-16, portrait et vign. mar. rouge, dos ornés à petits fers pointillés, dent. int., têtes dor.

Réimpression de l'édition Cazin, 1780.
Exemplaire imprimé sur GRAND PAPIER DE HOLLANDE, avec un frontispice au tome 2e, AVANT la lettre sur blanc et sur chine.

610. VOLTAIRE. Romans de Voltaire (Zadig, Candide, l'Ingénu, la Princesse de Babylone, Lettres d'Amabed, suivies du Taureau blanc). Eaux-fortes de Laguillermie. *Paris, Jouaust,* 1878, 5 vol. in-8, brochés.

Un des 170 exemplaires imprimés sur GRAND PAPIER DE HOLLANDE, avec les eaux-fortes AVANT et avec la lettre.

611. VOLTAIRE. 21 eaux-fortes d'après Monnet et Marillier, gravées par L. Monziès, pour illustrer *les Romans*, édition Alph. Lemerre, dans un carton.

Epreuves AVANT la lettre, tirées in-4 sur papier WHATMAN.

612. VOLTAIRE. 22 eaux-fortes d'après Monnet et Marillier gravées par L. Monziès pour illustrer *les Romans et les Contes,* édition Alph. Lemerre, dans 2 cartons.

Epreuves AVANT la lettre en double tirage in-4 : Whatman et Chine.

613. VOLTAIRE. 2 portraits et 20 figures in-8, gravés d'après *Marillier, Monsiau,* etc., pour illustrer la *Pucelle d'Orléans.*

Tirage moderne sur CHINE, remonté sur papier vergé.

614. VOLTAIRE. 5 portraits et 21 figures in-8 de *Moreau le jeune* pour illustrer la *Pucelle d'Orléans,* édition de *Kehl,* 1789.

Tirage moderne. Epreuves à toutes marges.

615 VOYAGES PITTORESQUES et romantiques dans l'ancienne France par MM. Ch. Nodier, J. Taylor, et Alph. de Cailleux. — Ancienne Normandie. *Paris, de l'Impr, de P. Didot l'aîné,* 1823, 2 vol. en 39 livraisons, in-fol. planches lithog. renfermés dans des cartons.

616. VOYAGES PITTORESQUES et romantiques dans l'ancienne France par MM. Ch. Nodier, J. Taylor et Alph. de Cailleux. *Paris, de l'Impr. de P. Didot l'aîné*, 1820, 2 vol. in-fol. pl. cart,

Dauphiné. 72 premières pages de texte et 70 planches lithogr. — Champagne. 56 premières pages de texte et 56 planches lithogr.

617. WALLON (H.). Jeanne d'Arc. *Paris, Firmin-Didot*, 1876. gr. in-8, fig., broché.

Ouvrage illustré de 14 chromolith. et de 200 gravures d'après les monuments de l'art, depuis le XVe siècle jusqu'à nos jours.
Exemplaire imprimé sur GRAND PAPIER.

618. WALLON (H). Saint-Louis. *Tours, Alfr. Mame et fils*, 1878, gr. in-8, fig., broché.

Ouvrage orné de 9 chromolithographies, 22 grandes gravures hors texte, trois fac-similes, 4 cartes en couleurs, et environ 260 dessins dans le texte reproduisant tous les types de l'art au XIIIe siècle, par Dardel, etc.
Exemplaire imprimé sur GRAND PAPIER VERGÉ DE HOLLANDE.

619. YORICK. A Sentimental journey through France and Italy, by M. Yorick. *London*, 1780, 2 tomes en 1 vol. in-12, fig., v. gran. — Paradise Lost a poem en twelve book., Paradise regained, Samson agonistes, Comus, and Arcades the author John Milton, *gondon*, 1817, 2 vol. in-12 fig., de Westall. cart., non rog. Ens. 3 vol.

620. ZOLA. (Em.) Au Bonheur des Dames. — La Bête humaine. — Lourdes. *Paris, Charpentier*, 1883, 1890 et 1894, 3 vol. in-12, brochés, couvertures.

ÉDITION ORIGINALE.

621. ZOLA (Em.) Une Page d'amour. *Paris, G. Charpentier*, 1878, in-12, broché, couverture.

ÉDITION ORIGINALE.
Exemplaire imprimé sur PAPIER DE HOLLANDE.

ORDRE DES VACATIONS

LUNDI 12 MAI 1902

Nos 194 à 411

MARDI 13 MAI 1902

Nos 412 à 621

MERCREDI 14 MAI 1902

LIVRES ANCIENS

Nos 1 à 82

LIVRES ILLUSTRÉS DU 18e SIÈCLE

Nos 83 à 103
104 157
158 193
157bis

Vendôme. — Imprimerie F. Empaytaz

RED. :

22

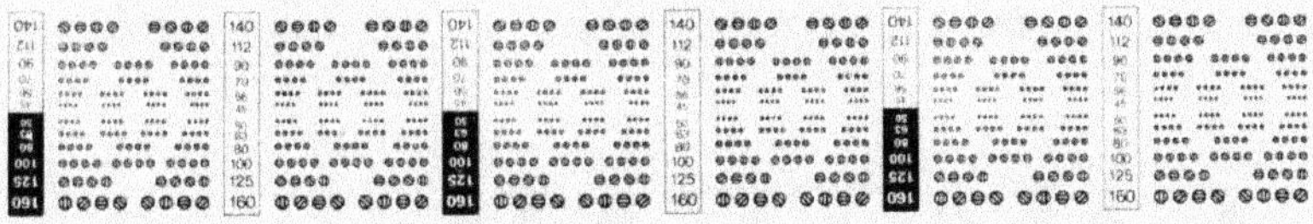

www.ingramcontent.com/pod-product-compliance
Ingram Content Group UK Ltd.
Pitfield, Milton Keynes, MK11 3LW, UK
UKHW020334180726
13839UKWH00002B/705